로크미디어가
유혹하는
재미있는 세상

이것이 법이다

이것이 법이다 143

2022년 9월 6일 초판 1쇄 인쇄
2022년 9월 13일 초판 1쇄 발행

지은이 자카예프
발행인 김정수 강준규

기획 이기헌 왕소현 박경무 강민구 조익현
책임편집 최전경
마케팅지원 이원선

발행처 (주)로크미디어
출판등록 2003년 3월 24일
주소 서울시 마포구 성암로 330 DMC첨단산업센터 318호
Tel (02)3273-5135 **편집** 070-7863-8592 **Fax** (02)3273-5134
홈페이지 rokmedia.com **E-mail** rokmedia@empas.com

ISBN 979-11-354-7357-9 (143권)
ISBN 979-11-255-9575-5 04810 (세트)

이것이 법이다

143

자카예프 장편소설

ROK
MEDIA

로크미디어

CONTENTS

사는 게 다르면 공포도 다른 법

사람들이 두려워하는 건 대부분 비슷하다.

하지만 그게 절대적인 건 아니다.

사는 것과 문화가 다르면 공포의 대상도 달라질 수밖에 없다.

"그러니까 깡패들을 불러오자 이거야?"

"그래."

오광훈은 노형진이라면 전혀 생각도 못 할 방법을 생각해 냈다.

"협박한다고 해서 그놈이 겁먹을 것 같지는 않은데? 내가 그놈을 죽일 수 있는 것도 아니고."

노형진은 말도 안 된다는 듯 말했다.

자신이 협박한다면 그건 어디까지나 합법적인 영역 내에

서 모든 걸 잃어버리게 하겠다는 협박일 수밖에 없다.

하지만 왕수왕은 가진 게 아무것도 없다.

집에서도 내놓은 자식이고, 감옥에 가는 것도 두려워하지 않는다.

실제로 전과가 있고, 재판 기록을 찾아보니 그 당시에도 전혀 반성하지 않았었다.

"그런데 그런 상황에서 무슨 협박을 하자는 거야? 깡패를 불렀다가 도리어 역으로 고소당하면 우리만 곤란해진다고."

노형진의 진심 섞인 고민에 오광훈은 코웃음을 쳤다.

"그건 네가 변호사니까 그렇지. 깡패 새끼들 생리는 내가 더 잘 알아."

"그야 뭐……."

"너, 왕태고등학교 상황 모르지?"

"응? 거기 막장인 거야 알지. 그리고 왕수왕이 거기 출신인 것도 알고."

"그러면 거기에 범죄 조직이 있는 것도 알겠네?"

"당연히 있겠지?"

일반 학생들이 다니는 평범한 고등학교에서도 일진들이 모여서 조폭 놀이하고 있는데, 왕태고등학교 같은 깡패 학교에 그런 놈들이 없을 리가 없다.

당연히 거기에도 범죄 조직이 있을 거다.

물론 일반 고등학교의 일진들을 아득하게 넘어가는 수준

일 테고.

"그리고 왕수왕 같은 놈은 거기 출신이겠지."

"그런데?"

"그러니까 내 말은, 왕수왕의 선배들을 불러오자 이거야."

"선배?"

"그래. 막장에는 막장, 이거지."

노형진은 그 말에 턱을 문지르면서 고민에 빠졌다.

막장에는 막장. 그 말이 뭔지 알 것 같았으니까.

범죄 조직의 위계질서는 절대적이다.

물론 오광훈은 배신당해서 뒤통수를 맞았지만, 그런 상황이라면 돈 때문에 상대방을 최소한 불구로 만들 각오를 한 경우가 많다.

당장 오광훈이 뒤통수를 맞은 이유가, 마약을 거래하자는 걸 거부하자 욕심이 난 아래에서 배신한 거였다.

하지만 아무리 잘나가는 학교 내 범죄 조직이라고 해도 결국은 학교 내 범죄 조직이다.

그러니 위계질서가 절대적일 가능성이 높다.

"아마 큰 거 한 건 해서 왕수왕이 큰돈을 만졌다고 하면 떼거리로 뜯어먹으려고 달려들걸."

"흠. 하긴, 그놈들이 같은 조직이었다면 질이 안 좋은 놈들이겠지."

그런 놈들이 왕수왕이 크게 한탕 해서 돈을 벌었다는데 고

생했다고 소주잔을 기울이면서 함께 웃을까, 아니면 그걸 뜯
어먹겠다고 달려들까?

"서양과 동양의 귀신 차이 같은 거네."

"뭔 소리야?"

"두려움의 대상이 다르다는 거지. 왕수왕이 두려운 게 없
는 것처럼 굴지만 말이야."

왕수왕은 아예 막장으로 행동하고 있지만 정작 학교는 졸
업했다. 사실 진짜 답 없는 놈이었다면 고등학교가 아니라
소년원으로 갔어야 정상이다.

"예를 들면 이런 거야. 미국인은 처녀 귀신 그림을 봐도
별생각이 없겠지. 반대로 한국인은 그렘린 그림을 봐도 별생
각이 없을 거야."

두 집단의 문화와 상황이 다르다 보니까 두려운 존재도 다
르다는 거다.

저승사자만 해도 한국의 저승사자는 검은색 도포 자락에
검은 갓을 쓰고 하얀 피부에 검은 입술을 가지고 있지만, 서
양의 저승사자는 다 해진 로브를 뒤집어쓰고 거대한 낫을 들
고 있다.

당연히 각 대상이 주는 느낌은 전혀 다르다.

"네가 말하고자 하는 건, 같은 한국인이지만 왕수왕이 사
는 세계가 다르다는 거잖아?"

"역시 노형진. 눈치는 빨라."

"흠…… 확실히. 가능할지도 모르겠어."

물론 왕수왕이 돈을 지키기 위해 선배들과 싸울 수도 있다. 하지만 과연 이길 수 있을까?

선배들의 숫자가 더 많을 테고, 더군다나 그놈들도 같은 학교에 같은 조직 출신이니 막장인 건 마찬가지일 텐데?

'가능성은 두 가지지.'

왕수왕이 싸우다가 크게 고생하거나, 잡혀 들어가거나, 다 뜯기고 돈에 욕심을 부리거나.

"좋은 생각이기는 한데."

노형진이 머리를 긁적거리면서 물었다.

"하지만 그 선배라는 놈들을 어디서 찾으려고? 어디에 있는지도 모르잖아. 그리고 그놈들을 찾았다고 해도, 검사가 찾아가서 왕수왕 그놈이 크게 한 건 해서 두둑하게 돈 좀 만졌다고 이야기한다고 한들 곧이곧대로 믿겠냐?"

"으흐흐흐, 걱정하지 마시라. 내가 알아서 할게."

"믿어도 되는 거야?"

"야, 내 출신 모르냐? 그런 새끼들은 결말이 뻔하다고."

오광훈은 자신 있게 말했다.

⚖

왕태고등학교 근처에 있는 PC방인 열혈PC방.

PC방이라곤 하지만 사실 일반 손님은 거의 없다.

아니, 아예 없다고 봐도 무방할 정도다.

그럴 수밖에 없는 게, 바로 옆에 깡패들의 소굴인 왕태고등학교가 있어서 위협을 느끼기 때문이다.

더군다나 PC방치고는 컴퓨터의 사양도 좋지 않다.

요즘 같은 시대에 대부분의 사람들이 화려한 게임을 즐기는 데 반해 이 PC방의 대부분의 손님들, 즉 왕태고등학교 출신들은 린지라고 하는 20년이 훨씬 넘은 게임을 즐기는 편이기 때문이다.

그러니 굳이 돈 들여서 업그레이드를 할 필요가 없었다.

도리어 그 돈으로 구형 컴퓨터를 하나 사서 소위 오토라고 하는 작업 프로그램을 돌리는 게 더 돈이 되었다.

결정적으로 사장도 왕태고등학교 출신이고 말이다.

말이 PC방이지 사실상 왕태고등학교에서 졸업하고 갈 곳이 없는 애들이 모여서 린지를 하면서 그렇게 번 골드를 모아서 파는 일종의 작업장이었다.

당연히 그곳에 들락날락하는 놈들은 기존 학교의 조직원들과 현재 학교에 속해 있는 후배들이었다.

"야 야, 빨리 안 오냐? 뒈질 뻔했잖아."

"내가 기다리라고 했잖아, 씨발 새꺄."

"아, 씁. 힐 달라고!"

붉은 이름표를 단 캐릭터를 컨트롤하면서 사냥을 하던 누군가가 짜증을 부렸다.

그에게 공격받던 캐릭터는 도망치기 위해 사력을 다했지만, 갑자기 나타난 다른 동료의 공격에 결국 사망하고 말았다.

그들이 다른 캐릭터를 공격하는 이유는 간단했다.

이 게임은 캐릭터가 죽으면 랜덤하게 아이템을 떨구는데, 그게 몹이라고 불리는 걸 잡는 것보다 더 돈이 되기 때문이다.

"아싸! 죽었다!"

캐릭터가 쓰러지자 주먹을 불끈 쥐는 남자.

"야, 뭐 떨궜냐? 뭐 먹을 만한 거 떨궜냐?"

"오, 안두라스의 장갑 5강이야."

"와, 씨발. 그거 800만 원은 될 텐데. 땡잡았네."

히죽거리는 사람들.

당연히 떨군 사람은 채팅창에 엄청나게 욕을 하기 시작했다.

"지랄하네, 미친 새끼가."

"미칠 만하지. 저 새끼, 요 며칠 떨군 게 한 8천만 원 되지 않겠어?"

"그렇지. 아주 호구야, 호구."

얼마 전, 그는 우연히 아주 좋은 아이템으로 도배하고 혼자 사냥하는 캐릭터를 발견하고 털기 시작했다.

보통 그런 놈들은 길드에 속해 있거나 아는 이들이 많아서 터치가 곤란했는데, 어째서인지 길드 소속도 아니었고 딱히 같이 사냥하는 사람도 없어 보였다.

당연히 털어서 팔아먹으면 짭짤하게 돈이 되기에 그는 그 캐릭터를 찾아다니면서 계속 죽여 아이템을 빼앗았다.

　"현피 함 하자는데 어떻게 할까요, 형님?"

　막 캐릭터를 죽인 남자가 카운터에 있던 남자에게 말하자, 카운터의 남자는 시큰둥하게 말했다.

　"뭘 당연한 걸 물어. 불러. 간만에 배에 기름 좀 칠해 보자."

　"역시 호구네."

　사실 이렇게 털다 보면 현피 하자고 게거품 물고 덤비는 놈들이 한둘이 아니다.

　게임 아이템이 워낙 고가로 형성되어 있기 때문이다.

　당연히 그런 놈들에게 주소를 불러 주면 현피 하겠다고 여기로 들이닥치는데, 대부분은 들어오자마자 얼굴이 사색이 된다.

　현피를 하겠다고 온 곳이 아무리 봐도 조폭 소굴인 데다가 한 서른 명쯤 되는 덩치들이 일어나서 몰려드니까.

　물론 그런다고 해서 돈을 빼앗지는 않는다.

　그래 봐야 경찰이 끼어들 뿐이고, 요즘 같은 시대에 현금을 가지고 있어 봐야 얼마 안 되니까.

　그 대신에 적당히 겁주면서 화해하자고 하면서 툭툭 치며 고기 좀 사 달라고 하면 대부분은 찍소리 못 하고 고기를 사 준다. 그리고 카드로 긁고 줄행랑.

　그런 경우는 자기가 결제한 거라 경찰도 못 부른다.

"언제 온대?"

"뭐, 지금 오지 않겠어? 형님, 한우본가에 예약 좀 해 둘까요? 안 온 애들 있는데 부를까요?"

"불러. 간만에 고기로 배 좀 채워 보자."

"어, 난데. 오늘 현피 한다고 온다더라. 한우 먹고 싶으면 당장 달려와."

키득거리면서 떠드는 남자들.

그렇게 얼마 지나지 않자 작은 PC방은 거의 마흔 명의 남자들로 가득 찼다.

"800만 원짜리 아이템 날리고 고깃값도 한 400만 원 날리겠네."

키득거리면서 웃는 남자들.

그러나 현피 하러 온다는 놈이 올 시간이 되었을 때, 분위기가 이상하게 돌아가기 시작했다.

빵빵~.

빵~.

창밖에서 들리는 경적 소리.

계속되는 소리에 누군가 뭔 일인가 해서 밖으로 나가 복도에 있는 창문을 열고 빼꼼 내다보았다.

그리고 얼굴이 사색이 되어서 다급하게 PC방으로 돌아왔다.

"형님! 골목 입구를 버스들이랑 차들이 막고 있는데요?"

"뭐? 그게 뭔 소리야?"

"한두 대가 아닙니다."

그 말에 다급하게 나가서 확인하는 PC방 사장 주인.

그의 눈에 들어온 것은 버스에서 내리는 사람들이었다.

그런데 건장한 덩치에 선글라스 그리고 양복까지, 누가 봐도 자신들과 같은 계열이라는 게 문제였다.

그걸 본 동네 주민들은 다급하게 문을 닫고 피신하기 시작했고, 빵빵거리던 차들도 다급하게 방향을 바꿔서 다른 곳으로 움직이기 시작했다.

버스에서 내린 사람들이 이쪽으로 오는 걸 확인한 주인은 등골이 오싹했다.

"이런 씨발."

아차 싶었던 PC방 주인은 다급하게 가게로 들어와 문을 닫았다.

생각해 보면 린지는 조폭들이 하는 걸로 유명한 게임이다.

"형님, 왜 그래요?"

사정을 모르는 후배들은 고개를 갸웃했지만 주인은 피가 바짝바짝 말랐다.

"경찰 불러, 이 새끼들아! 조폭들이 왔어!"

"조폭들? 어중간한 새끼들이야 우리가 담그면 되잖아요?"

왕태고등학교 출신답게 쉽게 말하는 동생에게 주인은 다급하게 말했다.

"못해도 백쉰 명은 된단 말이다, 이 개새끼야."

"백쉰 명요? 지금 농담하시죠?"

"지금 농담하게 생겼어?"

경찰이라고 하면 질색하는 그들이 경찰을 부르는 사이에 누군가 문을 쾅쾅 두들겼다.

"핑크빤스! 문 열어!"

"이런 씨발."

핑크빤스라는 말에 시선이 자연스럽게 한 남자에게 향했다.

아까 전에 현피 한다고 한 그 남자였다.

"문 열어라, 뒈지기 싫으면?"

누군가의 분노에 찬 목소리. 그리고 어쩔 줄 몰라 하는 사람들.

아무리 자신들이 막 나간다고 해도 상대는 무려 백쉰 명이나 되는 깡패들이다.

"어허, 그런 말 쓰지 말라고 했지?"

그런데 근엄하게 들리는 목소리. 그리고 바로 이어지는 사과.

"죄송합니다, 형님."

"내가 알아서 할 테니 뒤로 물러나 있어."

"네, 형님."

그리고 잠깐의 침묵 이후에 들려오는 목소리.

"핑크빤스 씨, 좋게 이야기로 해결하지요. 제가 문 부수고 들어가면 여기 PC방 주인한테 피해를 주는 거 아닙니까?"

"……."

"좋게 이야기합시다. 제가 꼭 문 부수고 들어가야겠습니까? 선량한 피해자를 꼭 만들어야겠어요?"

"……."

"거기 PC방 주인분이나 아르바이트생이 계시면 문 열어주세요. 피해는 안 끼칠 테니까요. '아직은' 말입니다."

그 말에 PC방 주인은 똥 씹은 얼굴로 문으로 다가갔다.

그러자 핑크빤스라는 캐릭터를 가진 남자가 사색이 되었다.

"형님!"

"어쩔 거야? 문 부수고 들어와서 여기 다 때려부수게 할 거야? 일단 이야기만 해 보자고 하니까 경찰이 올 때까지 어떻게든 버텨."

가차 없이 말한 그가 문을 열자 일단의 건장한 남자들이 보였다.

그들은 얼마나 많은지 계단을 꽉 채우다 못해 건물 안에다 들어오지도 못할 정도였다.

"핑크빤스 씨?"

"아닙니다. 여기 주인입니다."

"핑크빤스 씨를 뵙고 싶습니다만?"

"유광아, 너랑 이야기하고 싶으시단다."

그 말에 유광이라 불린 남자는 침을 꿀꺽 삼키고 보스라고 불린 남자에게 다가갔다.

"반갑습니다. 현피 하자면서요. 한판 하시겠습니까?"

"아…… 아닙니다. 아니에요."

유광은 손을 절레절레 흔들었다.

"그러면 이야기는 간단하군요. 털어 가신 제 아이템과 제가 받은 충격에 대한 배상만 해 주시면 돌아가겠습니다."

"아, 그게……."

이미 아이템은 다 팔아먹었고 그 돈은 자기들끼리 나눠 먹은 상황이었다.

당연히 대부분은 그 돈으로 유흥을 즐겨서 남은 게 별로 없었다.

"물론 저희가 움직이기 위해 쓴 돈도 배상해 주실 거죠?"

"그…… 얼마나……."

"한 2억 정도면 될 것 같은데."

"2억요?"

유광의 눈이 한껏 커졌다.

자신들이 털어먹은 게 8천만 원 정도 된다.

그런데 2억이라니?

"아니, 제가 그런 돈이 어디 있습니까?"

"그런 돈도 없으면서 왜 저한테 덤비라고 하셨습니까?"

보스라고 불린 남자가 차갑게 말하자 얼어붙는 분위기.

그 순간 뒤에 있던 남자가 그에게 다가와서 귓속말했다.

"형님, 경찰이 왔습니다."

"모셔라."

잠시 후 경찰이 남자들을 헤치고 올라왔는데, 얼굴에는 긴장이 가득했다.

그럴 수밖에 없는 게, 긴급 출동한 건 고작 두 명이고 지금 오고 있는 사람들을 다 합해도 열 명이 안 되는 데 비해 족히 백십 명은 되는 사내들이 건물을 포위하고 있었으니까.

"무슨 일입니까?"

"아, 경찰분. 제가 이분한테 털린 게 있어서 그것 좀 받으러 온 겁니다."

"뭘 털렸기에 이렇게 사람을 끌고 오신 겁니까?"

어마어마한 숫자에 질린 경찰은 저도 모르게 존댓말로 물었다.

"아이템을 털렸습니다. 이 사람들은 제 경호원입니다. 요즘 세상이 하도 흉흉해서요. 아시죠?"

"아니, 이 사람들이 다 경호원이라고요?"

"경호원증 보여 드려라."

그 말에 다들 경호원증을 꺼내 들었다.

그걸 본 PC방 주인은 피가 바짝바짝 말랐다.

'돌겠네, 씨발.'

폭력 조직이 양성화할 때 가장 많이 쓰는 직업이 경호원이라는 것쯤은 그도 알고 있다.

그 말은 이 남자들이 진짜로 범죄 조직, 그것도 초대형 범죄 조직 소속이라는 소리였다.

"경호원의 숫자에 제한이 있는 건 아닌 것 같은데요?"

"그건 그런데……."

고용주가 불안해서 백쉰 명씩 경호원을 데리고 다닌다고 해서 경찰이 막을 수는 없다.

물론 싸우기 시작하면 모르겠지만 지금은 싸우는 것도 아니었다.

"여기 핑크빤스라고 하는 분이 제 아이템 2억 원어치를 털어 갔거든요."

"아이템 2억 원어치요?"

"네."

그 말에 경찰이 어이가 없다는 표정으로 쳐다보자 유광은 미친 듯이 손을 흔들었다.

"아닙니다. 아니에요."

"2억이 맞습니다만?"

"아니, 그건 잘해 봐야 8천만 원이에요."

"아니요. 2억입니다."

"잠깐만, 8천이나 2억이나, 선을 넘는 건 마찬가지인 것 같은데."

"……."

경찰이 황당하다는 듯 말하자 유광은 아무런 말도 못 했다.

"게임 아이템 중 비싼 건 억 단위가 넘는다는 사실은 알고 있었지만, *끄응*……."

경찰도 곤혹스러운 표정이었다.

그냥 돌아가자니 상황이 위험하고, 제압하자니 저들은 경호라는 합당한 목적을 가지고 있다.

"더군다나 저는 초대받고 온 겁니다만?"

"초대?"

"여기 있습니다."

보스가 자신의 핸드폰을 내밀었는데, 거기에는 유광의 캐릭터가 열혈PC방에서 현피 하자는 말과 함께 주소를 읊어 주는 게임 내 장면을 찍은 사진이 있었다.

"핑크빤스가 캐릭터 이름 맞습니까?"

"네? 아, 네. 맞는데요."

"크흠, 그러면 저희가 뭘 해 드릴 수가 없네요."

경찰은 슬쩍 발을 뺐다. 여기서 섣불리 엮이면 자신들도 곤란해진다는 걸 직감적으로 느낀 것이다.

"다만 현피는 곤란합니다. 말로 해결하세요."

"뭐, 그럴 겁니다."

보스는 유광을 바라보면서 느긋하게 말했다.

"제 아이템 가격으로 2억만 주시면 깔끔하게 털어 내겠습니다. 여기에 다시 오고 싶진 않으니 정리 좀 해 주시지요."

"당장 돈이 없어서……."

"허허허허, 나도 사람인데 여유를 안 드리겠습니까?"

보스라고 불린 남자는 계좌 하나를 적어서 그에게 건넸다.

"제가 여기로 다시 오게 하지는 말아 주셨으면 합니다."

그리고 떠나는 남자.

유광은 그런 남자의 뒷모습을 불안한 시선으로 지켜보았다.

⚖️

"젠장, 아무리 긁어모아도 1억이야."

나눠서 쓴 돈, 남은 돈, 그리고 가지고 있던 돈을 다 긁어봤지만 모인 돈은 고작 1억이었다.

"형님, 제발 살려 주세요. 저 죽어요."

"너만 죽어? 나도 죽어, 이 새끼야!"

뒈지기 직전의 유광이, 과연 자신들이 같이 작업장을 돌린 걸 불지 않을까?

당연히 불 테고, 그렇게 되면 자신들도 죽는다는 생각에 PC방 주인도 입이 바짝바짝 말랐다.

설사 불지 않는다고 해도 그들은 조폭이다. 그리고 여기를 보고 갔으니 여기가 작업장이라는 것을 모를 리가 없다.

린지 작업장의 절대다수는 폭력 조직이 운영하니까. 당연히 돈이 부족하면 자신들도 족칠 게 뻔했다.

평소에는 가오니 의리니 하면서 조직원인 걸 자랑하고 주변에서 돈을 빼앗았지만, 비교도 못 할 무력을 만나고 나니 답이 안 보였다.

"씨발, 왜 하필이면……."

남은 시간은 점점 줄어드는데 정작 돈이 없는 상황.

모두가 머리를 아파 하고 있을 때 누군가 조심스럽게 입을
열었다.

"형님, 학교에 말입니다, 이상한 소문 돌던데요?"

"이상한 소문?"

"수왕이 기억하시죠? 왕수왕."

"기억하지. 그런데 그 새끼가 왜? 그 새끼, 졸업하고 한 번
도 면상을 들이밀지 않았잖아."

"그 새끼가 크게 한탕 해서 몇억 챙겼다고 하던데요?"

"크게 한탕 했다고?"

그 말에 다들 귀가 솔깃해졌다.

"얼마나 크게 한탕 했는데?"

"뭐, 4억 이상이라고 하던데요."

"4억 이상? 그런데 그걸 지금 자기 혼자 처먹었다는 거
야?"

"와, 이 개새끼 못 쓸 새끼네."

그렇잖아도 돈이 다급한 상황.

거기다 크게 한탕 했다면 그건 불법적인 돈이라 이쪽에서
좀 가지고 와도 신고를 못 한다.

"요즘 왕수왕 이 새끼 어디서 사는지 알아?"

"알지요."

"우리 후배 얼굴 보러 한번 가야겠네."

모두의 얼굴에 탐욕이 흐르기 시작했다.

⚖

"어떻게 알았냐?"

왕수왕의 집으로 몰려든 깡패들을 보고 노형진은 혀를 내둘렀다. 사실 왕수왕이 돈을 가지고 있다는 걸 저들에게 알리는 게 쉽지는 않았으니까.

범죄 조직이라 외부에서 들어온 말을 쉽게 믿을 놈들이 아니었기 때문이다.

그런데 오광훈은 그걸 해냈다.

"간단한 거지. 어차피 학교를 근간으로 한 폭력 조직이잖아. 그러면 돈이 필요할 때 가장 쉽게 구할 수 있는 게 어디겠어?"

"학교겠네."

소위 말하는 삥을 뜯는 행위.

그게 저들에게는 당연한 거다.

학생 수가 삼백 명이라면 10만 원씩만 갈취해도 3천만 원이니까.

"학교에 소문내는 거야 어렵지 않지."

학생을 적당히 포섭해서 소문내 달라고 하면 그런 소문이 나는 건 금방이고, 저들은 급한 대로 학생들에게서 돈을 갈취하는 과정에서 자연스럽게 그 소문을 접하게 된 것이다.

"그래서 한 회장님한테 하루만 도와 달라고 한 거구만."

한만우는 실제로 조폭의 리더이기도 하니까.

아무리 양성화시켰다고 해도 근본은 어디로 안 간다.

"폭력은 폭력으로 꺾이는 법이지."

누구보다 깡패들이나 작은 조직에 관해 잘 알고 있는 오광훈이기에 할 수 있는 생각이었다.

그들의 갈취 시스템 같은 것도 다 알고 있으니까.

"그나저나 4억이라……. 그렇게 많이 받았으려나?"

"모르지."

오광훈은 어깨를 으쓱했다.

"내 알 바 아니지. 중요한 건 왕수왕이 좆 되어 버렸다는 것일 뿐."

하긴, 오광훈은 왕수왕을 죽이고 싶어 했으니까.

"그런데 왕수왕이 순순히 주면 어쩌려고?"

노형진의 말에 오광훈은 별거 아니라는 듯 말했다.

"저 새끼들이 딱 부족한 돈만 받으려고 할 것 같아? 절대 아니지. 그리고 말이야, 모든 일에는 다 위험수당이 붙는 법이야."

"위험수당?"

"그래. 일이 힘들고 잘못되어서 감옥에 갈 가능성이 커지면 그만큼 보상도 커지지. 이쪽 업계는 최소한 그건 정상이라고. 아, 물론 지능범일수록 더 받아 가는 것도 있기는 하지만."

그 말에 노형진은 쓰게 웃었다. 일반 사업장은 도리어 그런 걸 외주로 돌려서 터무니없는 가격에 맡겨 버리니까.

"그런데 말이야, 살인해도 2억 언저리라고. 지능범이 아니라 저런 몸으로 때우는 놈들은 넘쳐 나니까."

살인이 2억 정도라면 상해는 어떨까? 더군다나 상황을 봐서는 집유가 확실한 상황.

"그러면 잘해 봐야 3천이나 4천 정도야."

"흠……."

하지만 저들은 왕수왕이 뭘 했는지, 얼마를 받았는지 모른다.

"4억은 개뿔, 절대 그 돈 안 나와. 그러면 그다음은 뻔하지."

의리? 그딴 건 자기 목숨과 이권이 걸리면 문제가 안 된다는 걸 안다.

⚖️

"형님, 갑자기 그게 무슨 말씀이세요? 저한테 2억을 내놓으라니요?"

"야, 너 크게 한탕 해서 주머니 좀 두둑하다면서? 우리가 돈이 좀 급하거든?"

"아니, 저 아무것도 안 했거든요?"

"개소리하지 마, 이 씹째끼야. 이미 소문이 파다하게 났어."

왕수왕은 기가 막혔다.

물론 한탕 하기는 했다.

하지만 그건 어디까지나 작은 거지 큰 건 아니다.

자신이 받은 돈은 1억밖에 되지 않는다.

그래도 사건의 위험성에 비해서는 많이 받은 거다. 그런데 2억을 내놓으라니.

"형님, 저 그런 돈은 없어요."

"이런 씨발."

유광은 눈이 돌아가서 왕수왕의 얼굴을 후려쳤다.

그러자 바닥을 나뒹구는 왕수왕. 그는 순간 욱해서 벌떡 일어났다.

"선배 대우해 주니까 이 개새끼가……."

"뭐? 선배 대우? 이 새끼가 미쳤나?"

왕수왕은 아차 싶었다.

혼자라면 모를까, 유광은 다른 사람들과 함께 왔다.

퍼억!

다른 선배가 갑자기 날아 차기를 시전했고, 바닥에 쓰러진 왕수왕에게 발길질이 날아들었다.

"돈 좀 만지니까 선배가 개 좆 불알로 보이냐? 어? 이 개새끼야!"

"요즘 안 처맞더니 아주 정신 나갔네."

"억억!"

"오늘 간만에 후배 정신머리 교육 좀 시켜야겠어."

"아악! 제발 그만!"

"뭘 그만해, 이 씨발 새끼야!"

"야! 다 부숴. 돈 많으니까 제 돈으로 사겠지!"

선배란 작자들은 사정없이 왕수왕의 집의 집기들을 부수기 시작했다. 텔레비전, 냉장고, 세탁기, 에어컨 등등.

집 안에 남아나는 게 없었다.

물론 그 와중에도 일부는 왕수왕을 두들겨 패고 있었다.

"제발, 제발 그만하세요. 제발……."

결국 벌벌 떨며 빌기 시작하는 왕수왕.

"경찰에 신고하게? 해, 씨발 새끼야. 대신에 나도 경찰에다가 네가 큰 건 하고 4억 처먹었다고 한다. 4억이나 받아 처먹었다는 걸 보니 누구 하나 제대로 담근 모양인데."

"누가 그래요!"

"계좌를 털어 보면 알겠지."

그 말에 왕수왕은 말문이 턱 하고 막혔다. 실제로 계좌를 털어 보면 수억이 들어온 흔적이 있으니까.

원래는 변호사비와 공탁금으로 들어온 돈이지만, 경찰이 봤을 때는 그것만 해도 무려 2억 5천이다.

수사를 안 했다면 모를까, 수사에 들어가게 되면 그 돈의 출처를 밝혀야 한다.

"안 됩니다! 안 돼요!"

"역시 그렇지?"

필사적으로 안 된다고 하는 왕수왕을 본 유광의 얼굴이 밝아졌다.

소문대로 정말 크게 한탕 한 게 틀림없다고 생각한 것이다.

"야, 이 새끼야. 우리가 남이냐? 어? 너 집에서 나와서 갈 곳도 없을 때 먹여 주고 재워 주고 용돈 주고 술도 사 주고 여자도 사 주고 그랬는데, 네가 성공했다고 그러면 안 되지."

"……."

"딱 절반. 2억만 내놔. 그러면 우리가 깔끔하게 정리해 줄게."

"그 돈이 없어요."

"이 새끼가? 뒤지려고 작정했나?"

다시 나서려고 하는 선배를, 유광은 손을 들어서 말렸다.

"그러면 가서 자수해, 우리가 신고하기 전에. 무슨 말인지 알지? 선배로서의 조언이다. 그러면 최소한 형량은 줄어들 거 아니야?"

"……."

"우리 너무 멀리 가지 말자. 알았지?"

그렇게 말하는 유광을 보며 왕수왕은 이를 뿌드득 갈았다.

유광이 왔다 간 후에 왕수왕은 많은 고민을 했다.

돈이 없다.

자신이 받은 것은 고작 1억뿐이다. 그런데 2억을 달라?

물론 자신이 가진 모든 걸 준다고 해서 유광을 비롯한 선배들이 용서해 주고 봐줄 리는 없다.

"씨발, 미친 새끼들. 지들이 사고 치고 왜 나한테 지랄이야?"

여기저기 알아본 결과, 그들이 조폭을 잘못 건드려서 2억을 내놔야 한다는 사실을 알게 되었다.

즉, 그 돈을 자신에게서 갈취하려고 하는 게 분명했다.

"환장하겠네. 도망갈 수도 없고."

도망치자니 당장 수사 중인지라 그럴 수도 없다.

도망치면 당연히 구속영장이 나올 테고, 자신이 반성한다고 생각해서 깊이 하지 않던 수사를 진행할 테니까.

그러면 그 돈 때문에 문제가 터진다.

그렇다고 여기에 계속 있자니, 유광을 비롯한 선배들이 자신을 그냥 둘 것 같지는 않았다.

물론 죽이지는 않을 것이다.

하지만 차라리 죽여 달라고 빌게 될 정도로 하루가 멀다하고 자신을 두들겨 패고 괴롭힐 것이다.

학교에서도 자신이 그렇게 자살시킨 애들이 몇 명이던가?

때때로는 사는 것보다 죽는 게 더 편한 경우도 있는 법이다.

"방법은 하나뿐인데……."

결국 왕수왕은 떨떠름하게 중얼거렸다.

그리고 전화기를 들어서 박운방에게 전화를 걸었다.

"운방이 형님, 저 수왕이입니다."

—야, 전화하면 어떻게 해? 당분간은 연락도 하지 말라고 했잖아!

"이거 대포폰입니다. 아무도 모릅니다."

—대포고 자주포고 무조건 하지 말라고, 이 새끼야.

"압니다. 그런데 사정이 좀 급해서 그럽니다."

—사정? 무슨 사정?

"그게…… 돈이 좀 필요합니다."

그 말에 수화기 너머에서는 침묵이 흘렀다.

그리고 이내 분노에 찬 목소리가 들려왔다.

—너 이 새끼, 지금 나랑 장난하자는 거야? 깔끔하다며?

자신이 돈을 추가로 요구할 일은 없다, 왕수왕은 분명 그렇게 말했었다.

그런데 이제 와서 돈이 필요하다?

"아니 그게, 저도 그럴 생각이 없었는데…… 어디서 샌 건지 우리 이야기가 샜습니다."

-뭐? 그건 또 뭔 소리야?

왕수왕은 어떻게 해서든 핑계를 만들어야 했다.

자신을 고용해서 손아령을 공격하게 만든 게 바로 박운방이다. 그런 그가 다른 사람을 고용해서 자신을 공격하지 말라는 법도 없다.

그래서 왕수왕이 생각한 방법이, 바로 자신이 그 건으로 협박받고 있다고 말하는 것이었다. 사실 틀린 말은 아니니까.

"폭력배들이 어디서 알았는지 찾아와서 저를 구타했습니다. 못 믿으시겠다면 여기 집안 상태랑 다 찍어서 보내 드리고요. 2억을 주지 않으면 까발린다고 했습니다."

-씨발. 야, 절대 안 새어 나간다면서? 네가 자신이 있다면서!

"저도 어디서 새어 나간 건지 영……."

-이거 우리만 아는 거 맞아? 어? 너 누구 시킨 거 아냐?

"형님, 저 거기서 체포당했잖아요. 제가 왜 그러겠습니까? 형님하고 평생 같이 가려고 하는 사람인데."

사실 박운방과 왕수왕은 클럽에서 만났다.

그리고 서로 끼리끼리 잘 알고 지내던 사이였다.

그래서 박운방이 그를 믿고 일을 맡긴 것이다.

중간에 누군가 끼어들어서 이야기했을 가능성이 높지 않으니 당연히 안전할 거라 생각한 것이다.

하지만 새어 나갔다고 하니 박운방 입장에서는 당혹스러

울 수밖에 없었다.

　―그러면 어쩌자는 거야? 어? 이거 아무래도 의심스러워. 너 지금 장난치는 거 아니야?

　"장난치는 거 아닙니다. 진짜예요. 저도 어디서 샌 건지 몰라요. 혹시 경찰에서 흘린 거 아닐까요?"

　―씨발, 장난하냐? 경찰에서 알면 안 되는 거잖아. 내가 왜 돈 줘 가면서 너를 부른 건데!

　"그건 그런데……."

　―이런 개새끼. 너 진짜. 이런 씨발.

　이를 뿌드득 가는 박운방. 그러나 그냥 넘어갈 수는 없는 일이었다.

　물론 새어 나가 봐야 그다지 문제 될 건 없다.

　애초에 처벌 자체가 그다지 강한 것도 아니니까.

　하지만 그렇게 되면 박운방의 미래가 꼬일 수밖에 없다.

　자신과 급이 맞는 여자와 만나기 위해서는 자신도 그만큼 깔끔해야 한다.

　―너 이 새끼, 이번만이야. 알았냐?

　"네, 딱 이번만입니다, 형님. 깔끔하게 처리할게요."

　왕수왕은 그 말에 얼굴이 환해졌다.

　사실 왕수왕은 박운방을 협박하거나 할 생각이 전혀 없었다.

　박운방은 어마어마한 부자라서, 자신이 평생 똥꼬 빨아 주면서 떨어지는 가루만 챙겨도 충분히 먹고살 만했으니까.

"걱정하지 마세요, 형님. 절대 문제 될 일 없습니다, 절대."

왕수왕은 확신했다.

하지만 그는 그렇게 생각할지 몰라도 다른 사람은 그렇게 생각하지 않았다.

의심은 의심을 부른다

"확실하게 찍었습니다만, 이거 가지고 증거가 될까요?"

고문학은 오광훈와 노형진에게 사진을 건네면서 걱정스럽게 말했다.

예상대로 박운방은 계좌 이체를 할 수 없으니 왕수왕에게 건네줄 돈을 현금으로 찾아서 가방째로 건네줬다.

"여행 가방이라……. 이러면 곤란한데……."

여행 가방 안에 2억이 들어 있을 거라 생각은 하지만 현실적으로 그 사실을 입증할 방법이 없었다.

"뭐, 이로써 왕수왕과 박운방의 관련성에 대해 입증할 수 있게 되기는 했는데……."

하지만 이게 범죄에 대한 대가성인지, 아니면 빌려준 건지 입증하는 건 전혀 다른 문제였다.

최악의 경우 돈이 아닌 다른 무언가라고 해도 사실상 그걸 증명할 방법이 없다.

"현금을 출금한 기록은 있을 거 아냐? 그걸 물고 늘어지면 안 되나?"

"그게 되겠니?"

노형진은 혀를 끌끌 차며 말했다.

"그것도 돈을 은행에 넣어 두는 놈들 이야기지, 이런 놈들이 돈을 그런 데에 넣어 두고 쓰겠어? 물론 월세로 받은 돈 같은 건 은행에 있겠지. 하지만 이런 놈들은 만일에 대비해서 미리미리 현금을 빼돌려 둔다고."

"아, 환장하겠네."

머리를 긁적거리는 오광훈.

"맞습니다. 그리고 꺼냈다고 해도 그걸 술집에서 썼다고 하면 그만입니다."

"술집에서요? 몇억을요?"

고문학의 말에 오광훈은 고개를 갸웃했다.

물론 돈 많은 사람들이 터무니없이 비싼 술을 마시는 건 알고 있었다.

하지만 그건 대부분 카드로 결제하지 현금으로 결제하지는 않는다.

"박운방에 대해 조사하다 보니 알게 된 건데, 박운방은 클럽에서 머니 건을 가지고 노는 걸 좋아한다고 하더군요."

"머니 건? 머니 건이 뭐지?"

오광훈이 그게 뭔지 모르는 눈치이자, 노형진은 고개를 절레절레 흔들면서 인터넷에서 그 영상을 찾아서 보여 줬다.

머니 건이란 방아쇠를 누르면 돈을 총알처럼 쏴 대는 장난감 권총처럼 생긴 물건이었다.

"아니, 미친. 이런 게 팔린다고? 죄다 돈이 썩어 문드러지나?"

"장난감이니까. 당연히 여기서 쏘는 돈은 원래는 가짜 돈이지."

그냥 기분만 내는 거지 진짜 돈을 넣어서 쏘는 미친놈이 얼마나 되겠는가?

"하지만 박운방은 거기에 진짜 돈을 넣어서 쏘는 걸 즐긴답니다. 그 관련 영상도 있고요. 그곳에서 일하는 웨이터가 찍은 겁니다."

그렇게 말하며 핸드폰을 보여 주는 고문학.

영상 속의 박운방은 정말로 양손에 머니 건을 들고 신나게 하늘로 돈을 뿜어내고 있었다.

그리고 하늘에서 쏟아지는 만 원짜리 지폐를 줍기 위해 사람들이 몰려들자 그 모습을 보면서 미친 듯이 웃어 댔다.

"웨이터 말로는 이렇게 사람들에게 돈을 뿌리고 그걸 줍기 위해 기어 다니는 걸 보는 게 취미라고 하더군요. 이날만 해도 족히 2천만 원은 뿌렸다고 합니다."

"악취미군."

노형진도 그걸 보면서 눈을 찡그릴 수밖에 없었다.

"이걸 그냥 둔다고?"

"그냥 두는 정도가 아니라, 아주 유명합니다. 그날은 술집이 미어터진다고 하더군요. 주기적으로 와서 돈을 뿌리니까요. 일종의 클럽의 홍보 전략인 거죠."

클럽에서 손님에게 돈을 줘 가면서 끌어올 수는 없지만 현금을 뿌려 대는 미친 손님이 있다는 소문을 내면 돈 욕심에 미친 많은 손님을 끌어모을 수 있다.

"그래서 클럽에서도 최고 클래스 손님으로 보호한다고 합니다. 경찰도 손 못 대고요. 이 영상도 증거로 쓰지 않는 조건으로 간신히 얻어 낸 겁니다."

"환장하겠네."

결국 출금 내역을 뽑아 봐야 평소처럼 머니 건으로 뿌리며 놀았을 뿐이라고 주장한다면 무너트릴 방법이 없다.

실제로 그게 가능한 일이고, 남들이 봐서는 미친 짓이지만 그렇다고 해서 불법은 아니니까.

"에이, 씨발. 엮을 수 있을 줄 알았는데."

사진 속의 가방을 뚫어지게 바라보던 오광훈은 짜증 나는 듯 머리를 긁적거렸다.

그런데 노형진은 그걸 보고 다르게 생각했다.

"아직 안 끝났다."

"응? 그게 무슨 소리야?"

"대충 상황을 보니까 협박받았다고 한 것 같은데."

"그건 사실이잖아."

본래 있던 조직에서 2억을 내놓으라고 협박해서 왕수왕이 2억을 건넨 것으로 보였다.

그리고 조직은 그 돈을 아이템값이라며 린지에서 아이템을 뜯긴 보스에게 보내 줬다.

"하지만 누가 협박했는지는 모르잖아?"

"그걸 알겠어? 당연히 모르겠지."

"그래. 그러니까 우리가 찔러볼 수도 있지."

"우리가 찔러본다고?"

"왕수왕을 대신해서 우리가 직접 박운방을 찌르는 거야. 이야기 다 들었다, 그러니까 좋게 좋게 하자, 뭐 이런 거?"

"흠, 잠깐만……."

오광훈은 고민하는 듯 침묵을 지켰다.

그렇게 한참을 생각하던 그는 노형진에게 물었다.

"그러니까 네 말은, 왕수왕과 박운방 사이를 틀어 버리자 이거네?"

"정답."

협박을 통해 돈이 왔다 갔다 하는 경우 가장 큰 문제 중 하나가 그 협박이 과연 한 번으로 끝나냐는 거다.

실제로 대부분의 협박은 절대 한 번으로 끝나지 않는다.

시간 차는 좀 있을지언정 다시 한번 돈을 달라고 하는 놈들이 대부분이다.

"이미 한번 왕수왕이 협박당했다는 말을 듣고 돈을 줬어. 그런데 다른 곳에서 협박이 또 들어온다면 어떨까?"

"뭐, 그런 놈들 성격을 생각하면 아무래도 뻔하지. 아, 그렇겠네."

한 번 했는데 두 번은 못 할 리가 없다.

"하지만 그 왕태파 놈들이 할까?"

왕태파는 왕태고등학교 출신을 뭉쳐서 말하는 말이다.

보통 자기네들을 무슨 무슨 파라고 하는 놈들도 있지만, 그렇게 스스로 이름을 붙이지 않은 경우 조직의 이름을 경찰에서 붙이는 경향이 있다.

"왕태파는 네가 붙인 이름이냐?"

"어. 왜?"

"하아~ 야, 그러니까 조폭 새끼들이 설치는 거야."

"응? 뭔 소리야?"

"우리나라 경찰에서 자꾸 그럴듯한 이름을 붙여 주니까 어설픈 애들이 조폭 하고 싶어 하지. 가오가 사니까."

"설마."

"설마가 아니라 실제로 그래."

그럴듯한 이름을 붙이면 그게 멋있어 보이니까 어린애들

이 혹하는 거다.

실제로 미국에서 KKK단이 극단적으로 늘어나서 곤란해졌을 때 상황을 해결한 것은 경찰이 아니라 그들을 병신 취급한 언론이었다고 한다. 쪽팔려서 스스로 KKK단에서 나왔기 때문이다.

실제로 지존파니 암흑파니 하는 대부분의 이름들을 멋들어지게 부르는 놈들은 그만큼 자신이 없는 거다.

그러니까 그렇게 멋진 이름으로 자신들을 포장하려는 거고.

"프리메이슨 같은 건 간지 나잖아?"

"간지는 개뿔. 그거 한국어로 번역하면 자유석공조합이다."

"응? 자유석공조합?"

"그래. 너, 한국 최대 폭력 조직 이름을 전국리어카배달연맹이라고 해 봐. 어떨 것 같냐?"

"……."

확실히 간지가 안 살기는 한다.

"그러니까 그런 거 말고 좀 창피한 이름 좀 붙여 봐. 왕태파라고 하니까 출신은 알겠지만, 솔직히 그게 중요하냐?"

"하긴, 그건 그래."

오광훈은 고개를 끄덕거렸다.

자신만 해도 과거 조직 이름을 간지 나게 지었으니까.

"이런 거 괜찮네. 똥지린팬티파나 처맞은메주파."

그 말에 오광훈이 피식 웃었다.

"뭐, 그것보다는 이게 중요하네, 왕수왕과 박운방 사이를 가르는 거."

"그래, 그러니까 전화 몇 통만 하자."

"몇 통? 아니, 한 통이 아니고?"

"야, 솔직히 그렇잖아, 이미 학교에 소문이 파다하다면서?"

"어, 그렇지. 그래야 그 새끼들 귀에 들어갈 테니까 특별히 손을 좀 썼지."

"그러면 협박할 새끼가 한두 명이겠냐?"

확실히 학교에 소문이 파다할 정도라면 그 소문을 들은 사람들도 한두 명이 아닐 것이다.

당연히 그걸 가지고 개나 소나 다 협박하기 시작하면 아마 박운방과 왕수왕은 반쯤 미칠 것이다.

한두 명이어야 돈을 주든가 말든가 하지, 수십 명이 달라고 하면 돈은 끝도 없이 나가게 될 테고, 일이 그쯤 되면 아무리 경찰이 무능하다고 해도 그 상황을 이상하게 생각하지 않을 리가 없다.

"솔직히 네가 소문내는 건 예상하지 못했지만 이거 쓸 만하겠네."

그 말에 오광훈이 피식 웃었다.

"박운방 이 새끼, 당분간은 잠 못 자겠는데?"

빡!

박운방은 화를 참을 수가 없었다.

자신이 무려 2억이나 줬다. 그런데 또 협박을 받았다.

그것도 왕수왕이 아니라, 자신을 왕수왕의 선배라고 소개한 남자에게서 말이다.

―운방 씨, 우리 좋게 좋게 갑시다. 나눠 먹으면 좋잖아. 많이도 안 바라. 10억. 딱 10억만 주면 내가 입 다문다니까.

"너 이 미친 새끼야! 너 누구야!"

―알 필요 있나? 그 정도 돈 되잖아? 돈 좀 있으신 것 같은데, 내일 아침 뉴스에서 얼굴 팔리는 것보다는 훨씬 이득 아니겠어?

"너 이 새끼 뒈지고 싶어? 어! 내가 누군지 알아!"

―어, 알지. 잘 알지. 그리고 뭘 했는지도 알지. 왕수왕을 시켜서 그런 짓거리 하고도 조용히 넘어가려고 했어? 에이, 사람이 양심이 있으면 그러면 안 되지. 지 자식 죽여 놓고 꼴랑 몇억으로 털려고 그러면 쓰나. 딱 10억, 그거면 내가 입 다물고 있을게.

"헛소리하지 마, 이 새끼야! 꺼져!"

―후회할 텐데. 뭐, 생각 좀 해 보라고. 돈 조금 주고 조용히 사는 게 좋을 테니까.

그렇게 끊어진 전화.

박운방은 자신의 핸드폰을 집어 던졌다.

"이런 씨바아아알!"

있는 힘껏 던진 핸드폰은 벽에 부딪혀서 박살이 났지만 그게 아깝거나 하지는 않았다.

핸드폰이야 바꾸면 그만이다.

문제는 지금 당하고 있는 협박이다.

"벌써 몇 번째냐고!"

자신에게 온 전화만 무려 스무 통이 넘는다.

그놈들은 하나같이 자신이 다 알고 있다면서, 돈만 주면 조용히 입을 다물어 주겠다고 했다.

문제는 그 돈이 무려 70억에 육박한다는 것이다.

작게는 2억, 많은 놈은 10억.

"씨발, 이게 무슨 비밀이야."

비밀이라는 건 소수의 사람들이 공유할 때나 비밀이다.

그런데 협박이 20건이다? 이쯤 되면 비밀이 아니라 공개된 정보나 마찬가지다.

"알아보니 그쪽 학교에 소문이 파다하게 났다고 하더라."

박운방의 아버지는 아들의 말에 심각한 얼굴로 말했다.

"그 학교 학생들뿐만 아니라 거기 출신 깡패들한테 소문이 다 나서, 알 놈들은 다 안다고 하더구나."

"아빠, 그러면 어떻게 해요?"

"후우……."

그 말에 박운방의 아버지는 긴 한숨을 내쉬었다.

"가장 확실한 방법은 네가 죄를 인정하고 감옥에 가는 거다. 어차피 비동의 낙태인지 뭔지는 처벌도 그다지 강하지 않다고 하니까."

"저기, 그러면 집행유예로 빼 줄 수 있어요?"

"그게……."

솔직히 그럴 가능성은 높지 않았다.

왕수왕 같은 경우야 죄를 인정하고 심지어 공탁금까지 모두 다 걸어 놔서 집행유예가 나올 가능성이 크지만, 박운방 같은 경우는 처음부터 끝까지 범죄를 설계하고 준비하기까지 했다.

거기다 죽은 아이는 박운방의 자식이다.

아무리 돈이 있다고 해도 박운방을 집유로 빼내는 건 불가능하다.

"아이, 씨팔. 그러면 나보고 감옥 가라고?"

"그건……."

"아빠, 그리고 감방 가면 약물검사 한다면서? 나 그럼 죽어."

"일단 피는 다 투석하고 털은 다 밀고 들어가자."

"씨팔, 그러면 나 대머리로 빵에 갔다 오라는 거 아냐? 그게 말이 되느냐고! 그리고 내가 빵 가면 아빠가 준비하던 결혼은 어떻게 되는 건데?"

"끄응……."

그 말에 박운방의 아버지는 신음을 냈다.

그럴 수밖에 없는 게, 그는 언제나 권력에 목말라했다.

돈은 있지만 권력은 없었고, 그래서 그 권력을 쥐기 위해 권력가의 집안과 결혼 이야기를 꺼내서 잘되어 가던 차였다.

그런데 지금 박운방이 감옥에 가면 그게 다 없었던 일이 될 가능성이 높았다.

"그러면 남은 방법은 하나뿐이다."

"뭔데?"

"왕수왕을 어떻게 해야지."

사건의 핵심 키워드를 쥐고 있는 건 왕수왕이다.

모두가 다 소문을 들었다지만 왕수왕만 입을 다문다면 그 죄를 증명할 방법은 없다.

"그 새끼가 입 다문다고 했는데?"

"지금 이게 그 입 다문 결과냐?"

그 말에 박운방은 흠칫했다.

실제로 다이렉트로 거래한지라 왕수왕이 아니라면 이런 정보가 흘러나갈 곳이 전혀 없었으니까.

"하지만 진짜 아무 말도 하지 않는다고 했는데."

"물론 맨정신으로는 못 하겠지. 하지만 그놈이 술 처먹으면 어떤 놈이 되느냐?"

"그게, 씨발……."

그 말에 박운방은 얼굴을 찡그렸다.

애초에 그 둘이 만난 게 술집이었고, 꼬붕처럼 같이 클럽도 데리고 다녔기 때문에 술버릇에 대해 잘 안다.

술에 취하면 가오 잡는다고 별의별 헛소리를 하는 게 왕수왕의 술버릇이었다.

만일 술기운에 이야기한 거라면 왕수왕은 자신이 정보를 흘린 것 자체를 모르고 있을 가능성이 아주 크다.

"그 뒈진 애새끼, 내 아이가 아니라고 하면 안 되는 거야?"

"나도 그러면 좋겠는데, 그 독한 년이 아직도 아이 시신을 보관하고 있다더구나. 계속 너를 수사해야 한다고 주장하면서."

"와, 미친!"

아이가 죽은 건 임신 8개월이 된 시점이었다.

사실 사산이 아니라 조산이었다면 현대의 기술로는 충분히 살릴 수 있다. 실제로 팔삭둥이라고 불리는 아이들을 인큐베이터를 이용해서 살리니까.

사산했다지만 인간으로서의 형태는 완성된 아이의 시신을 손아령이 여전히 병원의 영안실에 두고 있다는 말에 박운방은 질려 버린 얼굴이 되었다.

"아무래도 네가 아버지라는 사실을 부정할 수는 없을 것 같구나."

"이런 씨발, 그렇게 독한 년인 줄 알았으면 손도 대지 않는 건데."

아무리 그들이 돈이 있다고 해도 병원에 있는 아이의 시신에 손대지는 못한다.

물론 아이의 아버지라고 해서 직접적인 공격의 증거가 되지는 못하지만, 여러모로 곤란한 건 사실이다.

"끄응, 어쩌지?"

고민하는 그때 박운방의 아버지의 핸드폰이 울렸다.

번호를 확인한 그는 전화를 받아 들었다.

"아이구, 김 판사님. 어쩐 일이십니까?"

─박 회장님, 평안하셨습니까?

"뭐, 덕분에 잘 지내지요, 허허허."

웃으면서 전화받던 박운방의 아버지는 다음 말에 얼굴이 굳어 가기 시작했다.

─다름이 아니라 운방이 때문에 전화드렸습니다.

"운방이요? 운방이가 왜요?"

─혹시 사고 친 거 있습니까? 오광훈이라는 검사가 유전자에 관한 영장을 청구했습니다.

"……."

그 말에 그는 흠칫했다. 오광훈이라는 이름을 알고 있기 때문이다.

왕수왕의 담당 검사이자 검찰청의 미친놈.

"크흠, 그래요?"

-네. 저한테 들어온 게 아니라서 자세한 내용은 모르지만, 조심하시라고 전화드렸습니다.

"네, 감사합니다."

그렇게 말한 박운방의 아버지는 전화를 끊고는 굳은 얼굴로 말했다.

"결국 너한테 유전자 검사를 청구하는구나."

"에에엑?"

"걱정은 하지 마라. 설사 유전자가 맞는다고 해도 네가 손아령을 공격하라고 했다는 증거는 없으니까."

그것만 없다면, 엄밀하게 말하면 박운방은 피해자다.

당연히 경찰에 피해자를 공격한다고 방어할 수 있다.

"그러면 어떻게 해? 왕수왕 그놈이 입을 다물게 해야 하는데. 설마······?"

"죽이는 건 곤란하지. 그렇게 되면 화살이 우리 쪽으로 향할 테니까."

범인이 죽으면 아이 문제를 가지고 싸운 이쪽이 의심받는 건 당연한 일. 왕수왕은 살아서 어떻게 해서든 죄를 뒤집어써야 한다.

"적당한 훈계를 하고 난다면 이야기가 달라지겠지."

물론 그 이후에는 잠잠해질 때까지 감옥 안에 있어야겠지만 말이다.

왕수왕은 숨이 턱턱 막혀 왔다.

그의 얼굴을 누르고 있는 손을 밀어 올리기 위해 몸부림쳤지만 양팔이 잡혀 있는 상황에서 고개의 힘만으로 그걸 밀어 올릴 수는 없었다.

숨이 끝에 달하고 정신이 아득해질 때쯤 갑자기 고개가 확 들어 올려졌다.

"푸하!"

"이 새끼야, 그러니까 누구한테 불었냐고?"

"저…… 저, 아무 말도 안 했어요. 진짜예요."

"안 하긴 뭘 안 해! 네놈 선배라는 새끼들이 벌써 수십 번을 전화해서 돈을 내놓으라고 협박했다는데!"

"저는 몰라요! 진짜로 저는 몰…… 꼬르르륵."

하지만 그가 뭐라고 하든 답은 정해져 있었고, 왕수왕의 머리는 사정없이 물속으로 처박혔다.

그제야 왕수왕은 자신의 삶을 후회했다.

강한 척하고 막 산다고 생각했다.

그리고 어차피 막 나가는 인생, 감옥에 가도 상관없었다.

하지만 정작 감옥이 아니라 죽음이 다가오자 그는 누구든 제발 살려만 달라고 빌었다.

살려만 주면 뭐든 하겠다고.

그리고 기적이 일어났다.

쾅!

문이 부서지는 소리가 들리면서 안으로 들어오는 사람들.

그리고 선두에 선 사람, 오광훈은 왕수왕을 잡고 있는 남자의 얼굴에 권총을 들이밀었다.

"어이, 멍충이. 그 손 놓지?"

"어, 어떻게……?"

남자는 당혹스러움을 감추지 못했다.

자신들은 왕수왕을 몰래 데리고 왔다고 생각했으니까.

하지만 오광훈은 그들이 이렇게 할 거라는 것을 알고 있었다.

다만 경찰을 배치하는 경우 나중에 사건이 벌어질 걸 알면서도 고의로 방치했다는 이야기가 나올 가능성이 있어서, 그 대신에 노형진의 정보 팀이 감시하다가 신고한 상태였다.

"어떻게는 네가 알 바 아니고."

남자는 그럼에도 불구하고 찍어 누르고 있던 손을 빼지 못했다.

차라리 그냥 익사하게 두면 이득이지 않을까 하는 짧은 고민을 하는 순간.

탕!

"끄아아악! 귀! 내 귀!"

오광훈은 그 남자의 귀 바로 옆에 대고 방아쇠를 당겼다.

아무리 공포탄이라지만 귀 바로 옆에서 총소리가 터졌으

니 남자는 귀를 부여잡고 비명을 빽빽 질렀다.

그가 손을 놓자 왕수왕은 다급하게 고개를 들었다.

"푸하!"

"새끼, 엄살은."

오광훈은 귀를 부여잡고 소리를 빽빽 지르는 남자를 바라보며 피식 웃었다.

"하여간 미필 새끼들은 답이 없어요."

물론 오광훈도 미필이다.

전생에서는 범죄 이력으로 인해 군대를 안 갔고, 이번 생에서는 진짜 오광훈이 먼저 군대를 다녀온 터라 경험이 없다.

"잡아가."

"네, 검사님."

그 둘이 잡혀 들어가자 오광훈은 왕수왕에게 다가갔다.

"그래서 내가 말했잖아, 후회할 짓 하지 말라고."

"거…… 검사님."

"얀마, 지 자식도 죽이는 새끼가 너 하나 안 죽이겠냐? 툭까고 말해서 너 같으면 네 자식 죽일 자신 있어?"

그 말에 왕수왕은 부들부들 떨었다.

물론 박운방의 집안에서는 진짜로 왕수왕을 죽일 생각까지는 없었다.

다만 왕수왕에게 겁을 주어 다시는 입을 열지 못하게 하려고 했다. 그들은 왕수왕이 실수로 정보를 흘렸을 거라고 생각했으니까.

그러니 그저 적당히 겁주고 다시는 입을 열지 못하게 만드는 게 목적이었다.

하지만 그 이전에 오광훈이 들이닥치는 바람에 애매하게 원한만 남긴 셈이 되었다.

"가자."

오광훈은 아주 따뜻하게 왕수왕에게 옷까지 덮어 주면서 일으켜 세웠고, 왕수왕은 고개를 푹 숙이고 끌려 나가는 남자들을 보면서 침을 꿀꺽 삼켰다.

만일 자신이 구출되지 않았으면 죽었을지도 모른다는 공포감에 그는 다리가 떨어지지 않았다.

⚖️

"가세요."

"뭐?"

자신을 고문하던 놈들이 잡혀간 후에 왕수왕은 진술을 했다.

그리고 진술이 마무리되자 경찰이 하는 말에 눈동자가 흔들렸다.

"가시면 됩니다."

"가라고요? 나 지금 공격당했는데?"

"일단 진술은 끝났고요. 병원 검사 결과도 특별히 이상은 없다고 하니까 가시면 될 거예요."

"아니, 씨발. 경찰이 뭐 이따위야? 야! 서장 불러! 내가 죽을 뻔했는데 뭐? 가라고? 내가 나가서 죽으면?"

"저희가 범인을 잡았으니 그럴 일은 없을 것 같은데요."

"범인을 잡기는 뭘 잡아? 지금 진범은 따로 있는데!"

"진범이 누군데요?"

그 말에 왕수왕은 말문이 턱 하고 막혔다.

말을 못 하는 왕수왕에게 경찰은 무심하게 말했다.

"일단 그곳에 있던 두 사람은 모두 자기들의 단독 범행이라고 주장하고 있네요."

"그놈들이 나를 왜 공격하는데?"

"돈 문제라고 하던데요? 돈을 빌려 가서 떼먹으려고 하셨다면서요?"

"아니, 내가 언제?"

"현금으로 2억 5천이나 빌려줬다고 하던데."

2억 5천. 그건 외부에 드러난, 왕수왕이 이번 사건에 들인 돈이다. 공탁금 2억과 변호사비 5천.

"내가 언제!"

"그러니까요. 그쪽에서 그렇게 나올 거라고 하더라고요. 현금으로 빌려줬더니 딱 잡아떼고 있다고. 그래서 욱한 거라고."

경찰은 어깨를 으쓱하며 말했다.

"뭐, 죄를 뉘우치고 있는 상황이고 원인도 이해가 안 가는 건 아니고."

"빌린 적 없다니까!"

"그러면 그 공탁금이랑 변호사비는 어디서 나셨어요? 그렇게 물어보면 알 거라던데?"

"그건……."

말할 수 없다.

그걸 말하는 순간 자신은 진짜 죽을 수도 있다는 생각이 왕수왕의 머릿속을 스치고 지나갔다.

그리고 동시에 자신이 했던 것과 똑같이 당한다는 사실을 알아차렸다.

"일단 그쪽 변호사분께서는 그 부분에 대해 더 이상 할 말이 없다고 하시니까."

"그쪽 변호사분이라니?"

"가해자 쪽 변호사요. 충분히 반성하고 있다고도 하고, 납치 감금이기는 하지만 신체적인 상해가 있는 것도 아니고."

고문할 때 물고문만 한 덕분에 신체적인 상해는 전혀 남지 않았다.

"그다지 처벌이 강하지는 않을 것 같네요."

"아니, 내 말 안 들려? 주범은 따로 있다고!"

"그러니까 누구인지 말씀하시라니까요. 주범이 누구인지 말도 안 하고 무작정 따로 있다고만 하시면 저희가 어떻게 수사합니까?"

"그…….."

왕수왕은 어쩔 줄 몰라 했다.

공개를 하자니 무섭고, 공개를 안 하자니 또 다른 일을 당할지도 모른다.

"누구예요, 주범이?"

"씨발."

왕수왕은 말을 못 하고 밖으로 튀어 나갔다.

그리고 그 모습을 멀리서 바라보는 사람이 있었다.

"햐, 독하네, 새끼. 나 같으면 분다."

오광훈은 입을 꾹 다물고 나가는 왕수왕을 보면서 기가 차다는 듯 말했다.

당연히 자신이 당한 것에 대해 보복하기 위해 사실은 누가 의뢰를 했고 어쩌고저쩌고할 거라 생각했다.

그런데 왕수왕은 입을 꾸욱 다물고 밖으로 나갔다.

자신을 공격하라고 한 게 박운방이라는 걸 알면서도 말이다.

"이거 의리가 있다고 해야 하나?"

노형진은 예상과 다르게 움직이는 왕수왕을 보고 쓰게 웃었다.

"의리는 개뿔. 내가 누차 말하지, 이 바닥에 의리는 없다고? 결국은 돈이야."

"돈?"

"그래. 자기를 공격한 게 박운방인 건 아는데, 박운방이 돈을 쥐고 있잖아. 그러니까 말을 안 하는 거지. 솔직히 여기서 분다고 해서 뭐가 바뀌는 것도 아니고."

여기서 분다고 해서 박운방의 집안의 돈이 사라지는 것도 아닌 만큼, 잘못 건드리면 저쪽에서 진짜로 이쪽을 죽이려고 할 가능성이 높다.

그러니 차라리 입을 다물고 있는 모습을 보여 줌으로써 나는 너희를 건드릴 생각이 없다는 걸 증명하는 게 안전할 수도 있는 일이었다.

"그렇게 머리가 좋다고?"

"머리가 좋다기보다는 그냥 본능 같은 거야. 저런 놈들이나 나나, 머리를 써서 살기보다는 본능에 기대서 사는 놈들이잖아. 그리고 힘 있는 사람을 건드리면 인생 꼬인다는 걸 누구보다 가장 잘 알고 있기도 하고."

"그건 틀린 말은 아니네."

때때로는 본능이 이성보다 더 좋은 결과를 내기도 하는 건 사실이니까.

"그나저나 어쩔 거야? 보아하니 저 새끼, 절대 입 안 연다."

노형진은 그 말에 고개를 긁적거렸다.

"뭐, 그러면 박운방을 건드려야지."

"그 새끼가 건드린다고 해서 입을 열겠니?"

"그게 아니라, 이런 경우는 반대거든."

"반대?"

"왕수왕은 생각이 없고 본능에 충실한 타입이지만, 반대로 박운방은 생각이 많은 타입이야. 이런 타입들은 의외로 자기가 자기 함정에 빠지는 경우가 제법 많아."

실제로 노형진도 그런 경험이 없는 건 아니었다.

이번 생에서야 그런 실수를 안 하려고 많이 노력했지만, 지난 생의 초보 변호사 시절에는 도리어 너무 많이 생각하는 바람에 상대방이 전혀 그럴 생각이 없는데도 엉뚱한 쪽으로 방어 준비를 해서 재판에서 낭패를 겪은 적도 있었다.

"생각이 많다는 게 마냥 좋은 것만은 아니야. 자가당착이라는 말이 그냥 생긴 게 아니거든. 당장 봐 봐. 박운방이 왕수왕을 공격할 필요가 있었을까?"

"흠, 없었겠지?"

아마도 박운방은 겁을 줄 목적이었겠지만, 어차피 왕수왕은 죄를 뒤집어쓰고 기꺼이 처벌받을 생각이었다.

그 대신에 박운방이 자신의 인생을 책임져 줄 거라 생각했으니까.

"물론 왕수왕이 지금 그를 건드릴 거라 생각하지는 않지만."

고문을 당했음에도 불구하고 두려워서 입을 꾸욱 다물고 나간 왕수왕이다.

그런 그가 박운방에게 어떠한 행위를 할 가능성은 크지 않다.

"하지만 생각이 많은 박운방은 좀 다르게 받아들이지 싶은데?"

노형진은 씩 웃으며 말했다.

"생각이 많으면 의심도 많은 법이거든요. 후후후."

⚖️

노형진은 왕수왕이 박운방을 공격하지 않으리라는 걸 알기에 더 이상 그를 건드리지는 않았다.

찾아가서 설득해 봐야 절대로 입을 열지 않을 테니까.

그 대신에 왕수왕이 속해 있던 조직에 사람을 보냈다.

그들이 어디에 모여 있는지는 알고 있었고, 질이 안 좋은 놈들이라는 것도 알고 있었다.

"그러니까 의심스러운 놈 하나만 감시해 달라?"

"네. 그런 일 해 준다고 들었는데요?"

"안 하지는 않는데……."

PC방 주인은 걱정스러운 눈빛으로 말했다.

사실 조직이라고 보기도 애매하지만, 또 동시에 조직이 아니라고 보기도 애매한 게 이들이다.

물론 현행법상 폭력 조직은 맞다.

자기들끼리 이름 지어서 뭉치는 경우도 있지만 행동 자체가 폭력성을 가진 집단이라면 경찰이나 검찰이 조직으로 판단해서 이름을 붙이고 관리하기 때문이다.

'그나저나 조직 이름이 설사똥이 뭐냐?'

애써 터져 나오는 웃음을 참으면서 정보 팀 요원은 속으로 끅끅거렸다.

오광훈 검사가 알려 준 정보에 따르면 검찰 쪽에서는 설사똥파라는 황당한 이름을 붙인 모양이었다.

물론 저들은 모르겠지만.

"우리가 할 건 뭔데?"

"그냥 그놈이 어딜 다니는지 확인만 좀 해 주시면 됩니다. 특히 어떤 여편네를 만나는지요."

"여편네라……. 바람피웠나 보구만."

PC방 주인은 무심하게 말했다. 그런 의뢰는 생각보다 많으니까.

그리고 그런 경우에 자신들은 대부분 둘 중 하나다.

여자를 감시하거나 남자를 감시하는 것.

여자를 감시하는 건 이혼을 위한 증거를 모으는 거고, 남자를 감시하는 건 사회적으로 몰락시키기 위한 정보를 모으는 거다.

상대방이 공무원이거나 사회적으로 어느 정도 평판이 있는 사람이라면 그런 정보를 쥐고 있는 것만으로도 큰 피해를 줄 수 있기 때문이다.

"네. 가능할까요?"

"쪼금 비싼데."

"상관없습니다. 제대로 감시만 해 준다면야."

그 말에 PC방 주인은 씩 하고 웃었다.

안 그래도 얼마 전에 왕수왕에게서 2억이나 털어먹은 상태였다.

물론 그 2억은 통째로 다시 털렸지만, 돈이라는 건 한번 써 보면 더 가지고 싶게 마련이다.

사실 그다지 어려운 일도 아니었고 말이다.

"좋아. 깔끔하게 3천."

무려 3천만 원. 절대 작은 돈이 아니었다.

"선불 천, 나머지는 중간에, 그리고 마지막에 천."

그 말에 남자는 고개를 끄덕거렸다.

"네, 그러면 제가 원하는 대로 해 주시는 거죠?"

"그럼. 확실하게 정보를 캐 줄게."

만면에 미소를 지으며 말하는 PC방 주인은 자신이 함정에 빠지고 있다는 사실을 전혀 몰랐다.

⚖️

"설사똥파에서 감시를 붙인다고 했다고?"

"그래, 확실하게 감시를 붙인다고 했어."

"좋아. 그러면 다음 계획을 실행하면 되겠네. 그런데 조직 이름이 설사똥이 뭐냐?"

"자기들이 쪽팔려 할 만한 이름을 붙이라면서?"

"뭐, 틀린 말은 아니긴 하네."

그들은 왕태고등학교의 졸업생 출신으로 묶여 있는지라 그들만의 이름이 없었다.

하지만 오광훈이 설사똥파라는 이름을 붙여 버렸으니 이제 그들은 설사똥파라는 이름으로 기록에 남게 될 것이다.

"그쪽은 이상한 짓은 안 하고 있어?"

"응. 하는 걸 보니 한두 번 해 본 솜씨가 아니더라고."

노형진은 고개를 끄덕거렸다.

그들이 조직으로서 이름을 짓지 않았다고 해서 불법적인 행동을 하지 않는 건 아니니까.

그런 일을 처리하는 경우는 제법 많을 것이다.

"그런데 말이야, 감시하는 것까지는 좋은데 그 후에 어쩌려고?"

"어쩌긴, 감시당하고 있다는 사실을 알려 줘야지."

"뭐?"

노형진의 말에 오광훈은 되물었다.

돈을 주고 감시해 달라고 한 건 자신들이다.

그런데 그걸 박운방에게 알려 주겠다니?

"아니, 왜?"

"간단한 거지. 박운방과 왕수왕이 같이 가지 못하게 하려는 거지."

박운방이 손절을 했지만 왕수왕은 두려움에 그에게 저항

하지 못하고 조용히 있는 상황이다.

지금 박운방을 엮기 위해서는 왕수왕이 사실을 공개해야 하는데, 왕수왕은 절대 그럴 리가 없다.

"하지만 박운방이 왕수왕을 공격하려고 한다면 과연 어떨까?"

"음, 그러면 살기 위해서라도 배신하기는 하겠네."

"그러면 지금 왕수왕의 가장 강력한 보호자는 누구일까?"

"그거야……."

살짝 생각하던 오광훈은 씩 웃었다.

"설사똥파네."

정상인들이 본다면 이게 뭔 개소리인가 싶을 것이다.

아무리 그래 봤자 깡패 새끼들이니까.

하지만 폭력 조직이라는 것은 가족보다 우선된다.

실제로 왕수왕의 부모는 사건과 관련해서 자신들은 내놓은 자식이고 성인이니 마음대로 하라며 신경도 쓰지 않고 있다.

그런데 왕수왕은 아무리 협박당했지만 2억을 구해서 그들에게 가져다줬다.

만일 일반인이라면 그걸 경찰에 신고해서 처벌받게 하고 자신에게 접근도 하지 못하게 하겠지만 그는 그렇게 하지 않았다.

"조폭들이 제일 많이 주장하는 게 의리니까."

물론 그 의리는 가짜다. 위에서 아래를 찍어 누르기 위한 의리이고, 아래에서 저항하지 못하게 하기 위한 의리다.

"왕수왕은 아직 거기에 속해 있는 거지."

그런데 왕수왕의 가장 강력한 보호 집단을 박운방이 공격한다면?

"왕수왕의 눈이 돌아가겠네."

"거기다가 박운방은 협박당해서 상당히 예민한 상황이야."

물론 협박을 한 건 노형진이다.

그러나 지금 그는 원래 왕수왕 일당이 협박한 거라고 알고 있다. 실제로 선배라는 정보를 슬쩍 흘렸으니까.

"그러니까 감시하는 걸 알게 된다면 엄청 예민하게 반응할 거야."

"하지만 그걸 어떻게 알려 줘? 우리가 전화해서 '설사똥파가 감시 중입니다.'라고 말할 수는 없잖아?"

"애초에 그럴 이유가 없지. 그럴 수도 없고."

설사똥파라는 황당한 이름은 오광훈이 붙인 거고 대외적으로 그들이 이야기하는 조직이 아니니 그렇게 할 수도 없다.

"대신에 감시당한다고 의심하게 할 수는 있지."

"응? 그게 무슨 소리야?"

"그놈들이 잘하고 있다면서?"

"그렇지."

"그 말은, 감시당하는 사람은 모르고 있다는 소리잖아. 안 그래? 그러니까 우리가 그걸 느끼게 해 주자는 거지. 어설픈 사람을 붙여서 말이야."

이것이 법이다

바보가 아닌 이상에야 수상한 사람이 자신의 주변을 알짱거리는 걸 알게 된다면 경계하기 마련이다.

문제는 경계하는 것 말고 달리 쓸 수 있는 방법이 없다는 거다.

감시의 장소가 도로 한복판이라면 아무리 박운방이라 해도 그들을 공격하거나 잡아갈 수 없다.

결국 그의 경계심은 갈수록 높아질 테고, 그때쯤 노형진이 감시자를 뺀다고 해도 설사똥파의 감시가 걸릴 가능성이 아주 높아진다.

"그러면 박운방이 뭔 짓을 할지 모르겠네."

"글쎄? 그건 알아서 하겠지."

중요한 건 박운방이 뭘 하든 왕수왕을 자극할 거라는 거다.

"우리는 그냥 기다리면 된다니까, 후후후."

⚖

박운방은 바보가 아니다.

그를 아주 대놓고 따라다니는 놈들의 존재를 모르지는 않았다.

"형님, 뒤에 따라다니는 놈들이 있는데요?"

"누군데?"

클럽에서 한창 신나게 놀고 있는데 안으로 들어온 DM은

당혹스러운 이야기를 꺼냈다.

"모르겠습니다. 아무리 봐도 안 좋은 쪽 새끼들 같은데."

"안 좋은 쪽 새끼들?"

그 말에 박운방은 소름이 쫙 돋았다.

얼마 전에 자신을 협박하면서 수십억을 내놓으라고 한 왕수왕의 선배라는 작자들이 생각난 것이다.

"확실해? 나 따라온 거야?"

"네. 웨이터들한테 형님 방이 어디냐고 막 묻고 다닌다는데요?"

예쁜 여자라면 모를까, 시커먼 사내새끼들이 주요 VIP 손님의 방을 물어보는데 대답해 줄 직원은 당연히 없으니 당신들 누구냐고 따지면서 경비원을 부르자 놈들이 다급하게 클럽에서 벗어났다는 것이다.

"미친? 그 새끼들을 놓쳐?"

분노한 박운방이 집어 던진 술병이 아슬아슬하게 DM의 얼굴을 스치고 지나갔다.

그러자 DM은 다급하게 변명했다.

"엄청 빨랐습니다."

"씨팔 새꺄! 무전기는 폼이야? 어? 입구에서 커트해야 할 거 아냐!"

"하려고 했지요. 그런데 이 새끼들이 품에서 사시미를 꺼내더라고요."

"사시미를?"

"네."

아무리 클럽에서 기도를 보고 있다고 해도 상대방이 사시미를 들고 설치면 잡을 수가 없다.

당장 그들을 붙잡는 것도 문제고, 그 과정에서 누구 하나라도 다치면 언론과 경찰이 몰려들어 올 테고 그러면 못해도 일주일 이상은 영업을 못 하게 되니, 기도 입장에서는 나가는 걸 그냥 보고 있을 수밖에 없었다.

최악의 경우 이런 클럽에서 진짜로 칼질을 했다가는 그게 소문나서 그날로 망한다. 조폭들의 칼질로 부상자가 발생한 클럽에 놀러 올 사람은 없을 테니까.

"이런 씨발."

그 말을 들으면서 박운방은 심장이 덜컥 내려앉았다.

협박하는 놈들은 당연히 조폭들이다.

아마도 자신을 감시하는 놈들은 모두 그 왕수왕의 선배인지 뭔지 하는 놈들일 것이다.

그들에게 협박당한 후에 왕수왕을 손봐 주었는데, 그 이후로 자신의 뒤를 따라다닌다?

거기다가 지금 그들은 도망칠 때 사시미를 보여 줬다고 했다.

그 말은 자신을 잡으면 가만두지 않겠다는 의미다.

아무리 조폭들이라 해도 특수한 경우가 아니고서야 그런 위험한 물건을 소지하고 다니지는 않는다.

경찰과 엮일 때 곤란할 수 있고, 순간 욱해서 폭력으로 끝날 게 살인이 될 수 있으니까.

그런데 품에 그런 걸 가지고 다닌다면? 답은 뻔하다.

"씨발, 이거 그냥 나가면……. 야, 여기 경호 업체랑 선 닿지?"

"네, 형님. 몇 명 부를까요?"

"당장 불러, 집으로 간다고 하고. 오늘은 파투다."

가게 밖에서 누군가 자신을 죽이겠다고 사시미를 들고 있는데도 놀 만큼 박운방의 신경이 굵지는 않았다.

"경호원 세 명, 아니 다섯 명 이상 불러. 혹시 모르니까 차도 방탄으로 부르고."

"네, 형님."

박운방은 그렇게 시켜 두고는 공포에 벌벌 떨었다.

그렇게 한참을 떨고 나서야 경호원이 도착했고, 그는 경호원이 끌고 온 방탄 차량에 타고 움직이기 시작했다.

딱 여기까지가 노형진이 노린 부분이었다.

실제로 사시미를 가지고 있던 사람은 노형진 측 사람이었고, 자신들의 존재를 보여 준 그들은 재빠르게 거기서 빠져나왔다. 혹시나 경찰을 부르면 곤란하니까.

아니나 다를까, 노형진의 예상대로 박운방은 경호 차량으로 움직이기 시작했다.

그리고 그런 경호원들은 실력이 좋을 수밖에 없었다.

애초에 경호원이랍시고 설치는 조폭을 부르기에는 박운방

이 너무 비싼 몸이니까.

그리고 노형진은 그들이 실력이 있기에 사소한 것도 알아차릴 거라 생각했다.

당연히 그건 예상대로 흘러갔다.

"도련님, 뒤쪽에 차가 한 대 따라오는데요."

미행이 붙었다는 말에 당연히 경호원들은 뒤를 경계했다.

몰랐으면 모를까, 잔뜩 경계하고 있는데 따라오는 차를 알아채지 못할 정도로 그들이 실력이 없을 리는 없었다.

"뭐? 진짜로?"

"네. 아까 그놈들인 것 같습니다."

"이런 씨발! 왕수왕 이 개새끼가 끝을 보자 이거네?"

아무리 생각해도 왕수왕 말고는 이런 짓거리를 할 사람이 없었다.

물론 자신의 성격이 좋지 않긴 하지만, 그렇다고 해서 자신을 담그기 위해 누군가를 보낼 정도로 사이가 안 좋은 사람은 없다.

"어떻게 할까요?"

"어떤 차인지 알 수 있어?"

"번호는 확인해 놨습니다."

"일단 집으로 가자. 그리고 경호원 몇 명 상주시켜."

"네, 도련님."

"개새끼."

박운방은 이를 빠드득 갈면서 자신이 할 수 있는 모든 복수를 다짐했다.

⚖️

그가 집에 들어가자 경호원들은 바로 차량 번호를 추적했다. 그리고 얼마 지나지 않아 주인이 누군지 알 수 있었다.

"공갈필이라고 하는 놈입니다."

"공갈필? 그게 누군데?"

"도련님과 접점은 없습니다. 하지만 조사해 보니 왕태고등학교 졸업생입니다."

"역시! 이럴 줄 알았어!"

왕태고등학교가 어디인지 알고 있던 박운방은, 그곳을 졸업한 놈들이 어떤 놈들인지도 알고 있었다.

그는 왕수왕의 자신을 배신했다고 확신했다.

"어떻게 할까요?"

"어떻게 하긴, 제대로 처리해야지."

"하지만 저희는 경호원입니다."

혹시나 폭력 조직과 대판 하라고 할까 봐 경호원들은 선을 확실하게 그었다.

하지만 박운방은 피식 웃으면서 전화기를 들었다.

"걱정하지 마. 내가 같이 술 마시는 검사가 한두 명인 줄 알아?"

그는 그렇게 말하고는 어디론가 전화를 걸었다.

"어, 김 검사. 난데, 혹시 말이야, 폭력 조직 하나만 정리해 줄 수 있어?"

⚖

검찰에게 있어서 폭력 조직은 때로는 동반자이고, 때로는 먹잇감이다.

한만우 정도 되는 사람이 운영하는 조직은 아무래도 어느 정도 선을 지키면 같이하는 동반자적인 성격이 강하다.

하지만 이름도 없는 조직? 그들은 먹잇감 이상의 의미가 없다.

"아니다. 이름은 있구나."

김 검사는 전산 기록을 확인하고는 피식 웃었다.

"뭔 조직 이름이 설사똥파야? 누가 지었는지, 악감정이 엄청 풍부한가 본데?"

"뭐, 그게 중요한가요?"

"하긴, 그건 중요하지 않지. 설사똥이냐 변비똥이냐가 중요한 게 아니라 그놈들이 챙겨 줄 두둑한 자금이 중요한 거지."

그들이 자신이 아는 사람을 건드렸다는 제보에 김 검사는 바로 움직여서 설사똥파를 추적하기 시작했다.

죄? 그런 건 중요하지 않다. 자신은 검사가 아닌가? 죄는 자신이 만들어 내면 된다.

증거? 중요하지 않다. 애초에 저런 놈들은 쥐고 흔들면 뭐라도 한두 개는 나오기 마련이다.

더군다나 전산 기록에 따르면 그놈들은 왕태고등학교 출신의 폭력 조직이다.

왕태고등학교는 검사들 사이에서도 유명한 곳이다.

좀 독하게 말하면 이쪽 지역에 잠깐이라도 적을 둔 적이 있는 검사라면 모르는 사람이 없는 그런 고등학교다.

오죽하면 학교 학생 중 절반이 전과자라서 구치소랑 별반 다를 바 없다는 말이 있을 정도였다.

그런 곳의 출신이라면 쥐고 흔들면 당연히 뭐라도 나올 것이기에 김 검사는 쉽게 생각했다.

하지만 어떻게 요리할까 하고 조사하던 그는 곧 생각지도 못한 사람의 방문을 받았다.

"오 부부장검사님이 여기는 어쩐 일로?"

오광훈의 방문에 김 검사는 왠지 꺼림칙했다.

검찰청 내부에서도 미친놈 취급받는 작자니까.

좋게 엮이면 쉽게 일이 진행되지만, 나쁘게 엮이면 재수 없으면 검사가 교도소에 들어가는 최악의 상황이 될 수도 있었다.

'설마 이놈이 설사똥파에 청탁 같은 걸 받았나? 아니야,

그럴 리가 없지. 다른 놈도 아니고 오광훈이?'

애써 불안감을 감추는 김 검사에게 오광훈은 느긋하게 말했다.

"김 검사, 소문 들어 보니까 설사똥파 추적한다면서?"

"네? 그런데 그걸 어떻게……?"

진짜로 그들에게 뭔가 받아먹은 건가 하는 생각에 살짝 흠칫하는 김 검사.

하지만 다음 말에 그는 안도의 한숨을 내쉬었다.

"그렇잖아도 믿을 만한 사람이 필요했는데 말이지."

"믿을 만한 사람이라니요?"

"이거 뭔지 알아?"

오광훈이 건네주는 자료. 그걸 받아 든 김 검사는 눈이 커졌다.

"이건?"

"설사똥파 새끼들의 죄질 내역이야. 안 그래도 그 새끼들을 한꺼번에 털려고 내가 준비 중이었거든."

사실 그런 걸 확보하는 건 어려운 일이 아니었다.

아무리 허구한 날 PC방에 모여서 게임 하는 놈들이라지만 주변 상인들에게 아무런 피해도 주지 않고 착하게 지낼 리가 없지 않은가?

갈취나 무전취식, 협박 등등은 거의 일상이었고, 그들 때문에 근방의 상인들은 차라리 장사를 하지 않는 게 낫겠다는 소리를 할 정도였다.

어중간한 경찰이 가서 진술해 달라고 해 봐야 이미 경찰들이 그들을 두려워해서 트러블을 만들려고 하지 않는 걸 알고 있는 상인들은 아무런 말도 안 했지만, 부부장급 검사가 가서 물어본다면 이야기는 달라진다.

부부장급 정도 되면 확실하게 털어 낼 수 있을 테니까.

"이걸 어떻게……?"

"그놈들, 내가 제법 오래 노렸거든. 안 그래도 한번 밟으려고 하고 있었는데 말이지. 김 검사가 나서 보는 건 어때?"

"제가요?"

"그래. 자네도 실적이 있어야 하지 않겠어? 내가 이런 자잘한 걸 먹어 봐야 무슨 의미가 있나?"

그건 틀린 말은 아니다.

오광훈은 워낙 큰 건을 해결한 게 많아서 나이가 되면 승진하는 것은 어렵지 않다.

다만 승진에 욕심도 별로 없고 승진에 혈안이 된 다른 검사들처럼 정치질도 안 하기 때문에 못 하는 것뿐이다.

"저보고 이걸 하라고요?"

"뭐, 좋은 기회 아닌가?"

당연히 좋은 기회다.

단순히 경고하는 정도가 아니라 제대로 털어 내고 민생으로 어필한다면 기회가 올지도 모른다.

'이게 웬 떡이냐?'

자신은 경고하는 선에서 끝내려고 했는데 생각지도 못한 떡고물이 떨어지게 생겼다.

"제가 다 해도 됩니까, 진짜로?"

"뭐, 자네도 슬슬 선을 정해야 하지 않나?"

그 말에 김 검사는 씩 웃었다.

쉽게 말해서 자신의 파벌인 스타 검사 계열로 오라는 뜻에서 주는 일종의 선물이라는 거다.

그게 나쁜 것이 아니기에 김 검사는 미소를 지었다.

"충성을 다하지요."

"어허! 이 사람아. 우리 검사들의 충성의 대상은 국민일세. 알잖나? 그런 말은 조심해서 해야지."

"아! 알겠습니다, 부부장검사님."

"에이, 선배라고 불러! 선배라고."

오광훈의 말에 김 검사는 자신의 승진길이 환하게 밝아지는 느낌이었다.

거짓 위에 거짓을 덧칠하다

"형님, 그게 무슨 말입니까? 다른 형님들이 죄다 잡혀갔다니요?"

"경찰이랑 검찰에서 PC방 다 털었다. 나만 그때 밖에 볼일 보러 나가 있어서 안 잡혀 들어갔어. 지금 집마다 짭새들이 영장 들고 쳐들어왔단다."

"그러면 다른 행님들은 모두 감옥에 계신단 말입니까?"

"한두 명이 아니다. 죄다 구속영장까지 청구된 모양이다."

그 말에 왕수왕은 기겁했다.

지금까지 자기네 조직을 건드리는 사람은 단 한 명도 없었다. 지역 경찰들조차도 자신들의 눈치를 보기 바빴다.

그런데 갑자기 공격이라니?

"아니, 왜요?"

"김 경장님 말로는, 검찰에서 제대로 털어 내려고 작정한 모양이라고 하더라."

김 경장은 해당 지역 경찰로, 자기네 조직들과 친하게 지내는 변절한 경찰이었다.

자기들에게 정보를 주거나 접대받는 조건으로 상납받고 있었다.

그런데 그런 그조차도 갑작스러운 일에 어쩔 줄 몰라 하며 그나마 현재 상황을 알려 줄 뿐이었다.

"아니, 왜요? 우리가 뭘 잘못했는데요?"

"내가 어떻게 알아, 이 씨발 새끼야!"

화내는 왕수왕에게 도리어 버럭 소리를 지른 남자는 아차 싶은 표정으로 주변을 두리번거렸다.

혹시나 주변에서 자신을 살펴볼까 두려워진 것이다.

"하여간 당분간은 다들 조용히 몸 사리기로 했다. PC방 큰형님은 가게도 털렸다고 하더라. 다들 외부로 도망가느라고 장난 아니야. 너 지난번에 크게 한탕 했다면서? 그래서 내가 너 따로 부른 거야. 아무래도 느낌이 안 좋으니까 당분간은 몸 사려라."

그는 그렇게 말하고는 자리에서 일어나서 현장을 뜨려고 했다.

그런 그를 왕수왕이 다급하게 붙잡았다.

"형님, 혹시 이거 담당하는 새끼가 누군지 아세요?"

"내가 그걸 어떻게 알아?"

"아니, 검찰에서 누가 총대 메고 이러는지는 아실 거 아니에요?"

"뭐, 말로는 김 뭐시기라고 하는 젊은 검사라고 하더라. 그 새끼가 작정하고 털어 낸다고 하니까 너도 조심해. 그래도 지난번에 큰돈 가져다줘서 의리상 말해 주는 거다."

그는 그렇게 커피숍을 나가서 다급하게 도망갔다.

김 뭐시기라는 말에 왕수왕은 생각나는 사람이 있었다.

"김 검사라 이거지."

이름은 모르지만 박운방과 같이 술을 마시면서 자신과 인사했던 놈이 있었다.

사실 이름을 알려 달라고 하기는 했는데 너 같은 새끼가 내 이름을 알아서 뭐 하느냐고 대놓고 무시해서 이름은 몰랐지만, 김 검사라고 불렸던 것은 확실하다.

"박운방 이 개새끼."

왕수왕은 대충 상황이 이해되기 시작했다.

박운방이 자신을 손보기 전에 먼저 자신이 믿을 만한 사람들을 쳐 내려고 하는 게 확실했다.

'그냥 당하고만 있을 수는 없어.'

사실 형님들이 당하는 게 걱정되고 두려웠다.

하지만 그건 어디까지나 다음 문제였다.

여전히 그에게는 박운방이 보낸 사내들에게 당했던 물고문의 공포가 살아 있었다.

자기 자식도 죽이는 놈인데 과연 생판 타인을 그냥 살려둘까? 그건 확신할 수 없는 일이다.

더군다나 그의 돈을 생각하면, 경찰서에 가서 자신이 한 짓을 사실대로 말한다고 한들 믿어 줄 것 같지는 않았다.

그가 아는 경찰의 속성을 생각하면 도리어 그걸 박운방에게 이야기하고 두둑하게 돈을 챙길 가능성이 높다.

'안 돼. 그렇게 되면 내가 진짜 죽을 거야.'

이제는 자신을 보호해 줄 형님들도 없는 상황이다.

역시 박운방은 그걸 노리고 이번 일을 설계한 것이 확실하다.

'누구한테 도와 달라고 하지? 누구…….'

그 순간 그의 머릿속에서 생각나는 사람이 한 사람 있었다.

자신을 욕하고, 어떻게 해서든 그 죄를 묻겠다고 했던 검사.

'그래, 그놈이 있었지.'

그때 박운방도 오광훈이라는 검사를 조심하라고 했다. 돈이 안 통하는 미친 새끼라고…….

'그라면…….'

터트리기 전에 터트린다.

그게 왕수왕이 선택할 수 있는 마지막 카드였다.

"그러니까 박운방이라는 놈이 아이의 아버지고, 다 그놈이 시킨 거다?"

"네, 그놈입니다. 그놈이 이 모든 일의 배후입니다."

"으음."

그 말에 오광훈은 애써 웃음을 참았다.

'걸렸다, 개새끼.'

하지만 여기서 옳다구나 하고 덥석 물 수는 없다.

그렇게 되면 도리어 공격받는 것은 자신이 될 테니까.

더군다나 이 사건이 외부에 나가지 않으면 내부에서 담당자를 바꾼다거나 하는 식으로 덮으려고 하는 시도를 할지도 모른다.

그걸 이미 노형진에게 들었기에 오광훈은 애써 곤란한 척했다.

"하, 이걸 어쩐다."

"아니, 왜 그러십니까?"

"아니, 상대방이 박운방이면 내가 손대기가 좀 곤란해."

"네? 잠깐, 뭐라고요?"

그 말에 왕수왕은 깜짝 놀랐다.

분명 박운방은 오광훈이 미친놈이라고, 자기 마음대로 할 수 없는 놈이라고 했다. 그런데 그런 사람이 곤란하다니?

"아, 물론 내가 손대지 못한다는 건 아니야. 하지만 이게 검찰 내에서 수사가 진행되면 박운방 집안의 힘으로 봐서는 내가 아닌 다른 놈에게 배당될 거라는 거야. 너 말하는 걸 보아하니 박운방에 대해 모르는 모양인데."

그 말에 왕수왕은 침을 꿀꺽 삼켰다.

오광훈은 조심스럽게 말을 이었다.

"혹시나 주변에 뭔 일 없냐? 믿을 만한 사람들이 사라진다든가."

"그걸 어떻게……?"

그 말에 왕수왕은 놀랐다.

김 검사 뒤에 오광훈이 있다는 건 모르는 사실이었으니까.

그래서 오광훈이 전면에 나서지 않고 김 검사에게 자료를 넘긴 것이다.

"그냥 돈 많은 놈으로만 알고 있는 모양이네, 쯧쯧."

동정이 가득 담긴 오광훈의 시선에, 왕수왕은 공포가 몰려왔다.

자신이 모르는 뭔가가 있다는 걸 직감적으로 느낀 것이다.

"너 그 꼴로는 오래 못 산다."

"오래 못 산다고요?"

"그래, 추문이 싫어서 제 자식도 죽이는 놈이다. 너도 대충 알잖아? 사람 목숨이 얼마나 가벼울까?"

"씨발……."

왕수왕은 욕이 저절로 나왔다.

예상대로였다. 그 당시에 고문당하면서도 입을 열지 않았지만…….

'내가 입을 열었다면…….'

어쩌면 자신은 거기에서 처분당했을지도 모른다. 설사 당장 박운방이 처벌받는다 해도, 그런 놈이라면 나중에라도 자신을 죽일 거라는 생각에 그는 온몸이 부들부들 떨렸다.

"그러면 어떻게 합니까? 제가 다 진술해 드릴 테니까……."

"소용없다니까. 그 사람 힘이 얼마나 강한지 모르는 모양인데, 네가 진술서를 백 장 쓰고 녹음을 천만 번 해도 그쪽에서 덮으려고 하면 끝이야."

"그러면 어떻게 해야 합니까? 네? 제발…… 제발 살려 주세요."

"그러면…….."

오광훈은 한참 고민하는 척하다가 조심스럽게 입을 열었다.

"기자회견 한번 하자."

"기자회견요?"

"박운방 쪽 집안이 아무리 빵빵해도, 방송이랑 인터넷에 퍼진 건 못 막아. 너도 알잖아. 살려면 유명해져야지. 무슨 뜻인지 알지?"

"……"

만일 왕수왕이 그 사건과 관련해서 유명해진다면 아무리 박운방이라고 해도 그를 죽이지 못할 거라는 거다.

그렇게 되면 제일 의심받는 건 박운방일 테니까.

"솔직히 유일한 방법이야. 내가 위에 올릴 수는 있는데, 아마 안 될 거야."

미친놈이라고 하는 오광훈조차도 안 될 거라는 말에 왕수왕은 침을 꼴깍 삼켰다.

"그러면 제가 그걸 방송에서 이야기하면…… 안전해지나요?"

"아무래도 그렇게 되겠지. 그놈도 살인죄로 감옥에 가고 싶지는 않을 테니까."

그 말에 왕수왕은 고개를 끄덕거렸다.

"하겠습니다."

그 모습을 보면서 오광훈은 터져 나오는 웃음을 참으려고 속으로 끅끅거려야 했다.

⚖️

얼마 후 왕수왕은 기자회견을 자처했다.

자처했다기보다는 살기 위한 선택지가 그것뿐이라고 표현하는 게 맞는 것일지도 몰랐다.

자신을 공격하기 위해 자신이 속해 있던 조직을 공격한 미친놈을 어떻게 놔두란 말인가?

처음에는 입을 다물고 조용히 있으면 자신을 건드리지 않을 거라 생각했다.

하지만 자신을 쳐 내기 위해 조직을 통째로 건드리는 미친 놈이다.

아무리 생각해도 자신을 살려 둘 것 같지 않았다.

당연히 그는 살기 위한 유일한 방법, 즉 세상에 진실을 알리는 것을 선택했다.

"그러니까 손아령 씨를 공격해서 낙태하도록 유도한 게 박운방 씨라는 건가요?"

"네, 제가 그렇게 부탁받았습니다. 현금으로 공탁금과 변호사비를 받았고, 그걸 제외하고 활동비로 1억을 더 받았습니다."

"그런데 왜 이제 와서 기자회견을 하는 겁니까?"

"살아야 하니까요."

왕수왕은 자신의 목을 문지르며 말했다.

"아는 정보가 많으면 곤란하니까요. 그러니까 저를 죽이려고 하더군요. 그래서 제가 살기 위해 기자회견을 자처한 것입니다."

"죽은 아이가 8개월 되었다고 하던데, 그러면 살인 아닙니까?"

"살인은 아닙니다. 이미 변호사를 통해 사실을 확인해 봤습니다. 배 속에 있을 때는 살인이 아닌 낙태라서 형량은 길어 봐야 3년이고, 제가 공탁금 2억을 걸었기 때문에 100% 기소유예라고 들었습니다."

"박운방 씨는 그걸 알고 있었고요?"

"네, 알고 있었습니다. 알고 저한테 시킨 겁니다."

기자회견이라는 것은 사실 힘이 있는 사람이라면 충분히 덮을 수 있는 일이기는 했다.

하지만 그 기자회견을 열게 한 사람이 바로 오광훈이었다.

오광훈과 스타 검사들은 언론과 아주 밀접하게 지내고 있었기에 기자들은 이번 사건을 덮을 생각도 하지 않았다.

물론 소문을 들은 박운방의 일가족은 다급하게 기사화를 막으려고 했지만, 이미 개정된 언론 관련 법률에 따라 돈을 받거나 하여 기사화를 막는 경우 가혹할 정도의 처벌이 따라 온다는 걸 알고 있는 기자들은 그들의 돈에 흔들리지 않았다.

사실 처벌보다 무서운 건 혹시나 오광훈 뒤에 있을지도 모르는 노형진이었다. 만일 자신들이 돈을 받고 사건을 덮었다가 그 사건이 노형진과 관련되었을 경우, 기자들에게 남는 선택지는 자살 말고는 없었으니까.

―와, 씨발, 합법적으로 자기 자식을 죽일 수 있었던 거야?

―사람 죽이고 집행유예……. 역시 헬조선 클라스 어디 안 가네.

―이런 사건이 여기뿐일까 싶은데?

―우리 삼촌이 변호사라 물어보니까 이런 경우는 잘해 봐야 손해 배상 3천만 원 정도 나오고 공탁으로 2억 걸어 두면 진심으로 반성

하는 걸로 봐서 100% 집행유예 나온다네. 씨발?

−소름 돋네.

점점 커지는 소문. 그리고 광분하는 사람들.

여기까지는 좋았다.

당연히 노형진이 노린 부분이 바로 이런 거였다. 사람들은 분노할수록 어떻게든 그들을 처벌할 수 있는 방법을 찾기 마련이니까.

하지만 현행법상 이제 와서 형법적인 방법으로 박운방을 처벌하는 것은 불가능한 일.

그러나 그걸 가능하게 할 방법이 하나 있었으니 바로 민사적으로 손해배상, 그것도 징벌적 손해배상을 하도록 하는 것이었다.

−징벌적 손해배상은 이런 사건에서 꼭 필요하다고 생각합니다. 보다시피 부자들이 법의 허점을 이용해서 국민들을 우롱하고 사실상 살인을 저질렀습니다. 그런데 이걸 그냥 둔다고요?

−형법적으로 본다면 낙태가 맞으니까요.

인기 없기로 소문난 법률 토론 프로그램이 무려 시청률 10%를 찍을 정도로 사람들의 관심을 받았다.

평소의 시청률은 1% 이하였고 그나마도 법에 정한 프로그

램의 구성 조건을 맞추기 위해 간신히 살아남은 프로그램이었지만, 이번 주제에 한해서는 아니었다.

—현실적으로 보죠. 부자가 가난한 사람들을 이용하는 게 한두 번인가요? 저도 마찬가지이지만 이런 사건은 민사소송을 해 봐야 잘해 봐야 3천만 원입니다. 이 사건은 박운방이라는 교사자가 있고 상황이 악질적인 만큼 좀 더 나오겠지만, 아무리 잘해 봐야 손해배상은 5천만 원입니다. 물론 형사처벌도 안 받겠지요.

—형사처벌을 안 받는다뇨? 형사처벌을 받고 그 후에 민사로 가면 되는 거지 뭐 이런 사건을 가지고 징벌적 배상 제도를 도입한다고 설레발입니까?

—설레발이 아닙니다. 만일 가해자가 공탁금으로 5억을 건다면 어떨까요? 그러면 처벌을 받을까요? 유감이지만 그럴 가능성은 거의 없습니다. 피해자로서는 소송을 끝까지 가서 민사소송까지 해 봐야 결국 5천만 원 정도입니다. 반면 여기서 포기하고 입을 다물고 공탁금을 가지고 간다면 무려 5억입니다. 5억. 결국 돈으로 죄를 용서받는다는 건 부정할 수가 없는 사실이라는 거지요.

—뭘 그렇게까지 이야기합니까? 그것도 다 자기 선택이지.

—선택이 아니라, 선택이 강요될 수밖에 없는 상황이라는 겁니다. 비동의 낙태죄는 처벌이 고작 3년입니다. 전관 변호사가 나서서 관리한다면 집행유예가 어렵지 않은 사건이지요.

—일이 이 지경이 되었는데 집유 나오겠습니까?

−지금 법 시스템을 몰라서 묻습니까? 지금은 이렇게 시끄럽지만, 1심에서 시간 질질 끌고 2심 가서 다시 시간 질질 끌고 3심에서 또 시간 끌고 파기환송 해서 다시 2심으로 가면 못해도 5～6년은 사건을 끌 수 있습니다. 당연히 그것도 다 돈이지요. 네, 돈으로 모든 죄를 용서받을 수 있는 게 지금 대한민국입니다.

 토론자들의 말을 들으면서 노형진은 송정한을 힐끔 보았다. 그의 얼굴이 썩어 들어가는 게 빤히 보였으니까.

 "쉽지 않으신가 봅니다."

 "예상은 했지만 쉽지 않은 정도가 아니야. 거의 말이 없네."

 "말이 없다는 말씀은?"

 "툭 까고 말하면 징벌적 손해배상은 때려죽여도 안 된다는 걸세. 한두 명이 아니야. 대부분의 국회의원들이 그래."

 그 말에 노형진은 얼굴을 찌푸렸다. 예상은 했지만 단 한 명도 동조하지 않을 줄은 몰랐기 때문이다.

 하지만 그건 약과였다.

 "설득 작업이 쉽지는 않겠군요."

 "설득 작업이 문제가 아닐세. 이것 좀 보겠나."

 노형진에게 자신의 핸드폰을 건네는 송정한. 거기에 찍혀 있는 어마어마한 숫자의 전화번호들.

 "이게 뭡니까?"

 "이게 다 기업들로부터 온 전화들일세."

"기업요? 무슨 기업요?"

"대부분의 기업이야. 특히 대국민 서비스를 제공하는 기업들, 즉 사람들과 직접적으로 거래하는 기업들에서는 다 연락이 왔네."

"왜요?"

"뻔하지 않나? 나보고 징벌적 손해배상을 포기해 준다면 섭섭지 않게 보상하겠다고 하더군. 아마도 어떤 국회의원이 그들에게 정보를 흘린 모양이야."

만일 징벌적 손해배상이 생긴다면 그 피해를 누가 볼까?

애초에 징벌적 손해배상이라는 건 부자와 돈 있는 자들을 노리고 만드는 법이다.

전 재산이 1천만 원인 사람에게 징벌적 손해배상으로 100억을 청구한다고 한들 결국 그가 낼 수 있는 한계는 1천만 원이니까.

하지만 기업이나 부자는 그렇지 않다.

100억이 아니라 1천억이라도 낼 수는 있지만 아까울 게 뻔한 일.

"한국에서는 지금까지 단 한 번도 징벌적 손해배상이 통과된 적이 없네. 자네도 알다시피 말이야."

"알고 있습니다."

"이 문제에 대해 다른 기업들이 그냥 있겠나? 최악의 경우 기업이 흔들릴 수도 있는데."

레몬법처럼 개판으로 만들어서 언제든 벗어날 수 있는 그런 법이라면 모를까, 그렇지 않다면 아무래도 기업 입장에서는 어떻게 해서든 막고 싶어 하는 게 당연한 일이었다.

"내가 여러 사람들을 만났지만 대부분은 부정적이었네."

"이해는 갑니다."

정치자금은 대부분 기업에서 나온다.

그런데 기업을 적대하는 징벌적 손해배상법이 나온다면 그 정치인에게 정치자금을 제공할 사람은 아무도 없다.

"결과적으로 본다면 가능성이 높지 않다고 봐야지."

"역시 그렇게 되는군요."

노형진의 말에 송정한은 살짝 눈을 찡그렸다.

"'보통은'이라는 말을 해야겠지. 자네가 이 정도도 예상하지 못했을 리가 없지 않나?"

노형진은 송정한의 말에 씩 하고 웃었다.

실제로 예상하지 못한 것은 아니다.

사실 다 알고 있었다.

그래서 그다지 놀랍지도 않았다.

송정한의 말대로 징벌적 배상 제도는 기업에는 치명타가 될 수도 있는 법이다.

기업이 한국에서 장난치는 것은 하루 이틀 문제도 아니고, 정부에서 그걸 막으려고 한 적은 단 한 번도 없다.

언제나 경제라는 이름으로 친기업 문화를 우선시했고 사

실상 국민들을 뜯어먹는 장난질을 계속해 왔다.

당장 과거의 두한자동차만 해도 마찬가지.

생산 공장이 있는 한국보다 수출해야 해서 운송비도 더 들고 심지어 관세까지 내야 했던 미국에서 훨씬 더 싼 가격에 자동차를 판매하고 안전장치마저도 빵빵하게 만든 것은, 그만큼 한국에서 기업들이 얼마나 많은 장난질을 치고 있는지 입증하는 하나의 증거가 되었다.

"그런 걸 모르고 자네가 징벌적 손해배상을 법으로 만들겠다고 한 건 아닐 테고, 국회의원들이 어떻게 해서든 자네 법을 찬성하도록 만들 생각인 것 같은데."

문제는 그 방법이다.

송정한이 아무리 노력하고 설득한다고 해도 막대한 돈이 걸려 있는 정치인들이 그걸 쉽게 포기할 리가 없다.

"기업들은 절대로 허락하지 않을 테고 말이야."

"뭐, 그 말은 사실이지요."

"그러면 자네는 어쩔 생각인가? 솔직히 내가 봐서는 이번에는 전혀 답이 없네만."

송정한은 노형진을 지그시 바라보며 말했다.

당장 토론만 봐도 체계적이고 합리적으로 말하는 이쪽에 반해 저쪽은 처음부터 끝까지 경제라는 말로 변명 아닌 변명을 하고 있다.

그럼에도 불구하고 인터넷상의 이야기는 상당히 부담스러

울 정도로 부자들을 위해 흘러가고 있는 상황.

"박운방의 아버지 이름이 뭐였지요?"

"뭐? 그게 뜬금없이 뭔 말인가?"

"박운방의 아버지 이름 말입니다."

"박두상 아닌가?"

"그 사람에 대해 아십니까?"

"나도 사건과 관련된 정도만 알고 있네."

박운방의 아버지이며, 서울에 건물을 여러 채 가지고 있는 대한민국의 수많은 부자들 중 한 명이다.

사람 자체는 그다지 좋은 사람이 아니라고 생각하고 있지만 그 외의 다른 정보는 없다.

"기업을 하는 사람도 아니고 정치하는 사람도 아니야. 당연히 알려진 것도 없고."

그 말에 노형진은 고개를 끄덕거렸다.

"그게 핵심이지요. 알려지지 않았다. 알려진 것도 없다."

"그게 왜 핵심인가?"

"박운방과 박두상은 종이로 본다면 새하얀 도화지입니다. 그 위에 제 마음대로 색칠할 수 있다는 의미지요."

"색칠? 뭐, 부자들의 이탈적 범죄로 몰아붙이려고 그러는 건가? 별로 소용없을 것 같은데."

몰아붙이는 게 아니라 그게 현실이다.

그러니 노형진이 몰아붙이지 않아도 그들이 나쁜 놈이라

는 건 대한민국 사람들이 다 알고 있는 사실이다.

"하지만 그게 현실적으로 법에서 효과를 발휘하는 건 아니지 않나? 미안하네만 '부자들이 이렇게 돈을 이용해서 나쁜 짓을 합니다. 그러니 징벌적 배상 제도를 만들어서 그들의 전횡을 막아야 합니다.'라는 말은 현재의 대한민국에서는 통하지 않는 소리야."

노형진은 그 말에 고개를 끄덕거렸다. 송정한의 말이 맞으니까.

그런 걸로 징벌적 배상 제도가 만들어질 정도였다면 이미 백 번도 더 만들어졌어야 한다.

대한민국 역사를 보면 부자가 돈으로 사람을 망가트리는 건 한두 번 있었던 일이 아니니까.

물론 지금처럼 일이 이렇게 커지고 징벌적 배상 제도에 관해 이야기가 본격적으로 나온 건 처음이기는 했다.

그동안은 언론에서 나쁜 짓을 한 부자를 욕하기는 할지언정 징벌적 배상 제도 자체를 언급하지는 않았다.

그래야 혹시나 그걸 요구하는 놈이 없을 테니까.

현실적으로 징벌적 배상 제도가 생기면 가장 많은 피해를 입는 직종 중 하나가 바로 언론이다.

"압니다. 하지만 만들지 않으면 죽는다는 분위기가 만들어지면 이야기는 전혀 달라집니다."

"만들지 않으면 죽는다? 설마 법에 반대하는 국회의원들을 죽인다거나 하는 생각을 하는 건 아니지?"

"에이, 송 의원님도 참. 제가 설마 그러겠습니까? 살인마
도 아닌데."

"그건 아는데……."

하지만 아무리 생각해도 만들지 않으면 죽는다는 생각을
한다는 게 이해되지 않았다.

더군다나 이런 건 같은 경우 정치인뿐만 아니라 기업에도
압력을 행사해야 한다.

"미안하지만 그게 쉽지는 않을 걸세. 압력을 행사해야 하
는 대상이 너무 많고 힘이 너무 강해. 당장 1위에서 100위권
의 대부분의 기업에서 압력을 행사한다고 봐야 하네."

"대룡은요?"

"대룡만 조용하지. 언제 대룡이 자네가 하는 것에 대해 태클
을 건 적 있나? 그쪽도 자네가 위험하다는 것쯤은 알고 있네."

"그러면 대룡을 통해 일을 시작하면 되겠네요."

"뭔 짓을 하려고?"

노형진은 송정한의 질문에 목소리를 낮춰서 자신의 계획
을 설명했다.

설명을 들은 송정한의 눈이 있는 대로 커졌다.

"자네 미쳤나?"

"뭐, 미쳤다고 볼 수도 있지요. 하지만 제대로 성공만 한
다면 그런 소리 듣는 것쯤이야 대수겠습니까?"

"끄응, 그렇기는 한데……."

송정한도 노형진의 계획이 완전히 불가능하다는 생각은 들지 않았다.

"하지만 자네가 엄청 욕먹을 걸세."

"욕먹는 건 제가 아니라 미다스죠. 그리고 그렇게 오래갈 일도 아니고."

"그건 그런데……."

"그에 맞춰서 국회의원들을 설득해 주십시오. 만일 거부한다면 그에 맞춰서 살짝 겁주는 것도 나쁘지 않을 겁니다."

"살짝이 아닐걸."

송정한은 쓰게 웃으며 말했다.

"이번 작전명을 뭐라고 해야 하나? 어둠의 왕이라고 해야 하나?"

그 말에 잠깐 생각하던 노형진은 고개를 끄덕거렸다.

"어둠의 왕이라……. 좋군요. 그러면 이제 우리 어둠의 왕을 맞이하러 가 볼까요? 후후후."

∞

얼마 후 코리아 타임라인에는 새로운 뉴스가 올라왔다.

사실 뉴스보다는 사설에 가까웠다.

"회장님, 큰일 났습니다."

빌딩 안쪽에 있는 박두상의 집무실 안.

비록 그가 가지고 있는 기업은 없지만 그래도 돈은 많았기에 그는 건물 안에 사무실을 하나 만들고 부하 직원들에게 자신을 회장님이라고 부르게끔 시키고 있었다.

뭐, 부하 직원이라고 해 봐야 건물을 관리하는 사람들 정도이지만 말이다.

그런데 그중 한 명이 다급하게 문을 열고 회장실로 뛰어들어 왔다.

"큰일? 지금 뭐가 큰일인지 몰라서 그래? 안 그래도 머리 아파 죽겠는데."

아들내미 때문에 대한민국이 발칵 뒤집어졌고, 그 때문에 욕이란 욕은 다 먹고 있었다.

물론 아들이 잘못한 건 아니다.

더러운 핏줄을 가진 년이 자식으로 팔자 펴 보겠다고 덤비는 걸 어떻게 가만두고 본단 말인가?

하지만 대한민국의 개돼지들은 그런 자신의 입장은 생각도 안 하고, 태어나지도 않은 애새끼한테 불쌍하다는 둥 살인이라는 둥 하면서 온갖 개지랄을 떨고 있었다.

"설마 아들내미가 일본에서 사고라도 쳤다는 거야 뭐야?"

사건이 터지고 기자회견이 벌어지자 박두상은 박운방을 바로 일본으로 보낸 상태였다.

물론 영원히 입국하지 못하는 상황이 벌어지지는 않겠지

만, 최소한 한국에서 잠잠해져야 수사를 받든 조사를 받든 할 수 있었다.

그래야 집행유예로 대충 끝낼 수 있으니까.

그런데 그런 놈이 일본에서 혹시나 사고를 쳐서 추방이라도 당한다고 하면 그것만큼 머리 아픈 일도 없었다.

"그건 아닙니다만, 이 뉴스를 보십시오."

말과 함께 가지고 온 종이 신문을 건네는 부하 직원.

박두상은 그걸 한참 읽었다.

하지만 아무리 봐도 이해가 가지 않았다.

[사설]대한민국을 지배하는 어둠의 왕

대한민국에는 두 명의 대통령이 있다고 한다.

아니, 한 명은 왕이라고 표현하는 게 맞을지도 모르겠다.

한 명은 대한민국의 국민들이 투표를 통해 뽑은 정당한 대표인 대통령, 다른 한 명은 권력과 힘 그리고 돈을 이용해서 국민들을 지배하려고 하는 어둠 속에 숨은 왕이다.

지금까지 수십 년간 대한민국을 지배하는 또 다른 제3자에 대한 소문과 가십은 끊이지 않았다.

그리고 때때로는 그게 현실이 되어 세상에 나타나기도 했었다.

하지만 대부분의 사건에서 그 본질은 드러난 적이 없었다.

하지만 얼마 전, 모종의 사건에서 그 본질이 드러났다는 소식이 있었다.

어둠의 왕은 한 개인의 범죄 사실을 막기 위해 대한민국의 기업들에 상당한 압력을 행사했다.

해당 범죄인은 어둠의 왕과 친밀한 관계로 알려져 있으며, 어둠의 왕은 각 기업들에 해당 범죄자에 대한 처벌을 막도록 명령을 내렸다고 한다.

자세한 내용은 알려지지 않았으나 실제로 그 사건 이후에 해당 범죄를 은닉하라는 압력이 그 사건 담당자에게 지속적으로 가해지고 있는 상황이라고 한다.

실제로 각 기업들은 해당 압력을 받고 정치인들에게 직접적으로 로비를 통해 해당 사건을 축소하고 관련 법의 제정을 막는 등……

"이게 뭐 틀린 말은 아니잖아?"

물론 왕이라고 해서 대통령을 무릎 꿇게 만들 정도로 강한 힘을 가진 것도 아니다.

돈의 힘은 명확하다.

당장 자신만 해도 이 지랄만 안 났으면 아들인 박운방을 권력을 가진 집안으로 장가보내려고 하지 않았던가?

실제로 그도 어둠의 권력을 가진 사람들을 종종 만나곤 했었다.

"새끼, 뻥은 있는 대로 다 쳐 놨네. 누가 보면 말 한마디에 나라가 뒤집어지는 줄 알겠네."

코웃음 치는 박두상.

그러자 그런 박두상을 보고 부하 직원은 답답한 듯 가슴을 두들겼다.

"회장님, 웃을 때가 아닙니다. 정작 중요한 건 이 글이 아니라 인터넷 여론입니다."

"인터넷? 거기가 왜?"

전형적인 옛날 사람인 박두상은 그런 인터넷 여론에 대해 그다지 신경 쓰지 않았기에 이해가 가지 않아서 다시 물어야 했다.

"이걸 보십시오."

부하 직원은 다급하게 자신의 핸드폰으로 인터넷 댓글을 보여 줬다.

―역시 헬조선 클라스.

―와, 씨발. 쿠데타 끝난 지 얼마나 지났다고 비선실세냐?

―비선까지는 아니지만 그래도 돈으로 대한민국을 주무르는 건 맞는 듯.

―이거 그 사건이지? ㅂㅇㅂ 사건.

―그런 듯.

―그 사건을 대기업이 나서서 감춘다고? 설마?

―아니야. 그 사건 이후에 이상하기는 함. 여기저기서 징벌적 손해배상을 청구하게 해야 한다고 청원이 올라가고 난리인데 정작 움직이는 사람은 하나도 없음.

—현직 국회 근무자다. 송정한 의원 말고는 죄다 입 닥치는 분위기임. 내가 소속은 말 못 하는데, 대한민국 기업들 이거 막는다고 매일같이 국회의원들 찾아가고 있음. 송정한 의원은 협박당한다는 썰도 있음.

—헐, 미친? 이 사건이 그 정도라고? 설마? ㅂㅇㅂ 아버지가 진짜로 어둠의 왕?

—썰만 봐서는 그렇게 되는 것 같은데? 그 정도 아니면 대한민국 기업을 어떻게 움직임?

—에이, 기업이 손해 볼 것 같아서 움직이는 거 아니야?

—그럴 수도 있는데, 이렇게 한꺼번에 움직인다는 건 좀 그렇지 않아? 더군다나 기업은 둘째 치고 국회의원들이 표에 매달리는 거야 한두 해 일도 아니지만 일이 이 지랄 났는데. 그러고 보니 송정한 의원 말고는 이 사건과 관련해서 움직이는 사람이 없네?

—와, 띠발 ㅂㅇㅂ는 그럼 왕의 아들인 거야?

—헬조선 헬조선 했더니 진짜로 왕정 국가임?

인터넷에 도는 소문들은 여러 가지가 있었고 또 여러 의견들이 있었지만 한 가지 사실은 확실했다.

마치 박두상이 감춰진 어둠의 왕처럼 보이고 있다는 것.

"뭐야? 이게 뭔 개소리야?"

물론 박두상이 돈은 많다.

하지만 돈이 많은 것과 권력이 강한 것은 전혀 다른 문제다.

그리고 박두상이 가진 돈이 많다고 한들 대한민국의 어둠의 대통령? 턱도 없는 소리다.

그런데 뜬금없이 자신이 어둠의 대통령이라니?

"아니, 이게 말이나 되느냐고? 내가 왜 뜬금없는 어둠의 대통령이야? 그리고 대기업에서 내 편을 왜 들어 줘?"

대기업은 자신과 거래도 안 한다.

자신의 주요 수익원은 월세지, 대기업과의 거래가 아니다.

"저도 모르겠습니다. 다만 대기업들이 그 징벌적 배상 제도를 막기 위해 움직이고 있는 걸 일부에서 그렇게 판단한 게 아닐까 하는…….'

"뭔 개소리야? 돈 있는 놈들 중에서 그걸 좋아하는 놈이 어디 있어?"

막말로 돈이 있으면 사람을 죽여도 다 해결할 수 있다.

하지만 징벌적 배상 제도가 생기면 그 강력한 무기인 돈을 통째로 빼앗기게 될 수도 있다.

그러니 돈 있는 사람은 징벌적 배상을 싫어하는 것이다.

"그건 대기업에서 자기들이 살려고 하는 거잖아!"

"타이밍이 공교로운지라…….'

"환장하겠네."

"언론사에 전화해서 항의하고 내리라고 할까요?"

"너 미쳤어, 이 새끼야? 그렇게 되면 여기에 나온 게 나라고 인정하는 꼴이잖아!"

여기에는 단 한마디도 박두상에 관해 언급되지 않았다.

그러니 전화해서 압력을 행사한들 내려 줄 리도 없거니와, 진짜로 내려 주면 대놓고 '사실은 어둠의 대통령이 박두상입니다.'라고 홍보하는 꼴이 된다.

"그러면 어쩌죠?"

"어쩌긴…… 우리가 할 수 있는 게 없지. 씨발, 권력만 있었어도……."

권력만 있었으면 어떻게 해서든 덮을 수 있었을 거라 생각하면서, 박두상은 이를 박박 가는 것 말고는 할 수 있는 게 없었다.

박두상이 그렇게 어쩔 수 없이 방치하는 사이 코리아 타임라인에서는 2차 후속 보도를 터트렸다.

한국의 진정한 주인은 누구인가?

제보에 따르면 사건 발생 이후 각 그룹에는 익명으로 한 통의 비밀 명령서가 들어갔다고 한다.

그 명령서에 따르면 익명의 당사자는 무슨 수를 써서라도 이슈가 되고 있는 모 사건을 덮으라고 지시했다고 한다.

또한 그 사건 이후에 관련하여 정부에서 징벌적 손해배상을 청구하는 규정을 만드는 것을 무슨 수를 써서라도 막아야 하며, 그걸 도와주는 기업에는 상당한 보상을 약속했다고 한다.

대부분의 기업에 해당 명령서가 들어갔으며, 그 이후 지난번 제보대로 대한민국의 대부분의 기업들이 징벌적 손해배상을 막기 위한 치열한 로비를 벌이고 있는 것으로 드러났다.

해당 사항에 관련해서 여러 기업에 문의해 보았으나 대부분의 기업들은 모두 관련 사실을 부정하거나 연락이 되지 않았다.

다만 대룡에서는 해당 문건이 익명으로 들어온 것은 사실이나 그와 관련하여 확인되는 사항이 없어 대응하지 않았다고 이야기하며 해당 문건을 기자에게 제공하였다.

다른 기업들은 해당 사항에 대해 어째서인지 철저하게 함구하고 있으며, 그와 관련된 추가 조사에 협조해 주지 않고 있는 상황이다.

대룡에서는 현재 벌어지고 있는 법률적 사항은 관심이 없으며……

그동안 인터넷의 여론은 상당히 복잡했다.

사람들은 이게 대기업들의 자기 보호인지, 아니면 누군가의 명령에 따르는 것인지 알 수가 없었으니까.

하지만 익명으로 발송되었다는 명령문이 드러나면서 분위기가 갑자기 달라졌다.

그럴 수밖에 없는 게 익명의 명령문이 모든 기업에 발송되었다고 의심받고 있고, 아직 징벌적 배상 제도나 기타 사건에 대한 공식적인 발표가 이루어지지 않은 시점에서 해당 명령문에 모든 내용이 담겨 있었기 때문이다.

장난삼아 발송했다고 생각하기에는 그 안에 들어 있는 정보나 내용이 장난 같지 않았고, 유일하게 공개된 대룡의 자료를 보아도 대룡 내부의 기밀 정보가 들어 있다는 점을 감안하면 그 정도 정보력을 가지고 있고 다른 기업들을 압박할 수 있는 존재는 어렵지 않게 추측할 수 있었다.

"난리가 났네요."

사정을 모르는 무태식은 언론을 보며 눈을 찡그렸다.

"박두상 그놈은 도대체 뭐랍니까? 도대체 얼마나 능력이 되기에 이런 짓거리까지 할 수 있답니까?"

"글쎄요······. 모르죠?"

"아니, 저희가 조사한 자료에 따르면 부자이기는 하지만 이 정도 능력을 가진 사람은 아니었는데요."

무태식의 말에 노형진은 입맛을 다시면서 말했다.

"몸을 숨기고 그림자에서 움직이는 사람들이 어디 한두 명입니까? 솔직히 금융실명제 하고 있지만 대한민국의 은행에 있는 돈이 다 깨끗한 건 아니지 않습니까?"

"하긴, 그래요."

노형진의 말에 머리를 북북 긁는 무태식이었다.

실제로 차명 계좌가 없는 것은 아니다.

대부분의 기업에서 차명 계좌를 운영하면서 로비 자금을

빼돌리고 있다.

"만일 기사가 사실이라면 그러고도 남을 사람 같은데요."

"와, 이거 사람 잘못 건드린 것 같은데요?"

'잘못 건드리기는 했지. 날 건드렸으니까.'

사실 이 모든 메일을 보낸 사람은 다름 아닌 노형진이었다.

계획을 시작할 당시에 기업에서 필사적으로 반대할 거라는 것쯤은 어렵지 않게 예상할 수 있었기에 그런 그들의 반대를 무마시키고 그들의 정당성을 훼손시키기 위해 그러한 명령문을 익명의 메일로 발송한 것이다.

사실 이런 메일을 발송했다 한들 대부분의 기업에서는 확인하지도 않고 쓰레기통에 넣었을 가능성이 크다.

애초에 대룡에 관련된 치밀한 정보가 있었다고 적혀 있지만 그건 대룡이니까 가능한 거고, 다른 기업들은 경제 쪽에 있는 사람이라면 대부분 알 만한 내용만 들어 있었다.

하지만 다른 기업들은 그걸 이미 삭제 처리해서 보여 주거나 할 수는 없을 테니 결국 대룡의 메일을 기반으로 그 당시 내용을 추측할 수밖에 없는 사람들 눈에는 그 명령서를 받고 움직인 것처럼 보일 수밖에 없었다.

"그나저나 진짜 여론도 살벌하게 돌아가네요."

얼마 전까지만 해도 징벌적 손해배상을 반대하는 이유를 다들 기업의 자기방어라고 생각했지만, 이 뉴스 이후로는 기업들이 실제로 어둠의 왕의 명령을 받고 움직이는 거 아니냐는 의심이 계속 퍼지고 있었다.

그만큼 타이밍이 절묘했다.

물론 겸사겸사라는 이야기가 대부분이었지만.

하지만 그 겸사겸사라는 말이 가지는 무게는 아주 무거웠다.

기존의 자기 보호라고 하는 건 결국 자기 자신을 지키기 위한 거고 어둠의 왕의 존재를 부정하는 것이었지만, 겸사겸사라는 건 국민들 대다수가 어둠의 왕의 명령을 받고 있다는 것으로 인식하기 시작했다는 뜻이기 때문이다.

"그런데도 참 대단하네요, 상황이 이 지경이 되었는데도 대기업들이 로비를 멈추지 않다니."

"그들 입장에서는 다급하겠지요. 솔직히 그들에게 어둠의 왕인지 어둠의 대통령인지가 중요한 건 아니지 않습니까?"

"하긴, 그것도 그렇습니다만."

존재하지도 않는 사람에 대해 국민들이 자기들에게 항의하는 게 문제가 아니라, 징벌적 손해배상법이 통과되면 안게될 위험부담이 문제였다.

실제로 그들은 어떻게 해서든 이 법을 막기 위해 노력 중이었다.

'멍청하기는.'

물론 노형진은 그와 관련된 모든 정보를 모으고 있었다.

로비를 하기 위해서는 결국 국회의원과 접촉해야 하니까.

평소라면 국회의원을 전부 감시한다는 황당한 생각은 못

하겠지만, 짧은 기간이고 어차피 대기업에서 돈을 싸 들고 달려오고 있는 상황이니 아마 상당수 국회의원들이 즐거운 비명을 지르면서 지갑을 두둑하게 채우고 있을 게 뻔한 일이었다.

"징벌적 배상 제도가 무섭기는 한 모양이군요."

노형진은 모르는 척 이야기했다.

"무섭겠지요. 솔직히 한국에서 국민들에게 대하는 꼴을 보면 1년에 그런 소송이 한 1천 번쯤 걸려도 이상할 게 없어요."

"그건 그러네요."

"그런데 이 지랄이 나도 아무래도 파워가 부족할 것 같은데……."

무태식은 걱정스럽게 말했다.

아무리 생각해도 분명 상황을 보면 이쪽이 유리하다.

그런데 그럼에도 불구하고 여전히 징벌적 배상 제도의 법률 통과는 거의 불가능에 가깝다는 이야기가 나오고 있었다.

"뭐, 조만간 방법이 나올 겁니다."

"조만간요?"

노형진의 말에 무태식은 고개를 갸웃했다.

그렇게 쉽게 방법이 나올 것 같지는 않았으니까.

"네, 조만간요."

하지만 그들의 움직임을 알고 있었던 노형진은 이미 그들의 머리 위에 있었다.

며칠 후 대한민국, 아니 전 세계를 뒤흔들 뉴스가 갑자기
터져 나왔다.

그 뉴스가 터지는 순간 대한민국의 신문이란 신문은 다 팔
려 나갈 정도로 말 그대로 충격 그 자체였다.

어둠의 왕, 그가 미다스인가?

전 세계를 좌지우지하는 수많은 경제인들이 있지만 그중에서도
미다스는 가장 베일에 싸여 있는 존재이다.

그는 지금까지 단 한 번도 공식 석상에 나타난 적이 없으며 또한
업무와 관련해서도 단 한 번도 접촉한 사람이 없다.

다만 그동안 미다스가 한국에 각별한 애정을 보인 것은 사실이
며 한국인을 대리인으로 선임하고 있다는 점을 기반으로 한국인이
아닌가 하는 이야기가 있었다.

그런데 얼마 전 본지 기자에게 익명의 제보가 들어왔다.

제보에 따르면 현재 대한민국을 좌지우지하는 어둠의 왕이 전
세계에서 군림하는 미다스라는 것이다.

현재 누구인지 알려지지 않았다는 점에서, 그리고 자신을 감추
고 있다는 점에서 분명 미다스와 어둠의 왕은 비슷한 점이 있다.

더군다나 아무리 어둠의 왕이라고 해도 대한민국의 재계 순위
1위 기업부터 그 아래 기업들까지 모두 익명의 명령서 하나로 움직일

수는 없을 것이다.

하지만 미다스라면 어떨까?

본지의 기자는 해당 정보를 알아내기 위해 각 기업에 접촉해 봤지만 관련 정보에 대한 어떠한 대답도 받지 못한 상황이다.

그렇잖아도 미다스에 관한 소문이나 정보는 여기저기에서 넘치고 있었다.

그 와중에 갑자기 터진 황당한 정보.

문제는 그걸 증명할 수 있는 사람은 단 한 사람뿐이라는 것이었다.

공식적으로 미다스와 가장 친하며 가장 가까이에 있는 사람.

미다스를 대신해서 전 세계에서 대리인으로 활동하는 사람.

바로 노형진이었다.

"어마어마하군요."

노형진은 새론의 자신의 사무실에서 밖을 내다보며 혀를 내둘렀다.

건물 앞에 얼마나 많은 사람들이 있는지 끝이 보이지 않을 정도였다.

대로변에 있는 보도는 자리가 부족해서 기자들은 아예 도로까지 차지하고 있었고, 경찰은 다급하게 사람을 보내서 그곳을 정리하면서 사고를 막고 있었다.

기자의 숫자가 족히 수천 명은 되어 보였다.

"미다스 아닌가? 미다스라는 이름이 거론되는 순간 전 세계에서 기자들이 달려오는 거야 당연한 걸 테지."

창밖을 바라보는 노형진의 옆으로 다가와서 중얼거리는 송정한이었다.

"그런데 진짜로 할 건가? 욕 좀 먹을 텐데."

"뭐, 욕먹는 걸로 세상이 나아진다면 기꺼이 먹겠습니다."

"하긴, 자네가 언제나 하는 말이 있지."

"청소를 하려면 제가 더러워지는 것도 각오해야지요."

노형진은 송정한의 말에 씩 웃으며 말했다.

"그러면 일단 내려가 볼까요?"

노형진은 시선을 돌려서 사무실 밖으로 나갔다.

그리고 엘리베이터를 타고 1층으로 향했다.

1층에서 내려서 밖으로 나간 그는 도로 바로 앞에서 기다리고 있는 자신의 차량으로 기자들을 뚫고 가려고 했다.

당연히 새론의 경호 팀이 그런 그를 보호하려고 주변에 다가오는 기자들을 막았고, 기자들은 온몸으로 밀어 대면서 사진을 찍고 녹음기를 들이밀었다.

"노형진 변호사님, 기사에 따르면 미다스가 한국인이라고 하던데 사실입니까?"

"기사에 따르면 어둠의 왕과 미다스가 동일 인물이라고 하던데요!"

"미다스는 아무 말도 없었나요?"

"미다스가 왜 한국의 징벌적 배상에 대해 터치를 하는 겁니까? 한국인이 맞습니까?"

"한마디만 해 주십시오!"

노형진은 기자들의 말을 철저하게 무시하며 차량으로 다가갔다. 그리고 막 차량에 올라타려고 하는 찰나, 갑자기 누군가가 큰 소리로 말했다.

"노형진 변호사님, 지금까지 노형진 변호사님이 보여 주신 모습은 선량하고 국민들을 우선시하는 모습이었는데요, 이번 사건과 관련해서는 전적으로 부자를 위해 사건을 덮는 모습을 보이고 있습니다. 신념을 버리신 겁니까? 신념보다는 역시 돈인 건가요?"

날카롭고 예리한 질문.

노형진은 그 질문에 흠칫하며 멈췄다. 그리고 고개를 돌려서 대답했다.

"저는 신념을 버린 적이 없습니다. 옛날에도 그랬고 지금도 그렇습니다."

"하지만 지금 벌어지는 일에 대해서는 말이 많은데요."

"이번 사건에 관해 제가 드릴 말씀은 하나뿐입니다. 만일 이번 사건이 미다스의 아들이 한 게 맞다면 정당하게 처벌받고 징벌적 배상이고 뭐고 당연히 내야 한다고 생각합니다. 거지새끼도 아니고, 추잡스럽게 이게 뭡니까?"

짜증으로 가득한 얼굴로 대꾸한 노형진은 기자들의 질문

을 무시하면서 차량에 올라탔다.

그리고 차량은 기자들을 헤치고 그곳을 떠났다.

뒷좌석에 앉아 있던 노형진은 고개를 슬쩍 돌려서 기자들의 모습을 바라보았다.

"어디 보자, 잘 낚였나?"

"낚였을 겁니다. 안 낚이면 어쩔 겁니까?"

운전석에서 마치 운전사처럼 꾸미고 있던 고문학이 피식 웃으며 말했다.

"이제 전 세계가 이번 사건에 관심을 가지겠네요."

"그러니까요. 아마 국회의원들도 머리가 아플 겁니다, 후후후."

노형진이 한 말은 금방 언론을 타고 전달되었다.

만일 미다스의 아들이 범죄자라면 그에 상응하는 처벌을 받아야 한다는 단순하고 일반적인 말이었다.

그러나 단 한순간, 그 말은 일반적인 말이 아니게 되었다.

─현 시간부로 노형진 변호사를 마이스터의 대리인직에서 직위 해제합니다. 또한 동시에 미다스의 대리인직에서도 해직하는 바입니다.

미국에서 터져 나온 충격적인 발표.

마이스터의 대표인 로버트가 한 말에 대한민국은 비명을 질렀다.

물론 노형진이 대리인직에서 잘렸다는 게 충격적인 것도 있지만, 더 충격적인 것은 그 발표가 노형진이 범죄자라면 처벌받아야 한다는 말을 하고 나서 채 네 시간도 지나지 않아서 이루어졌다는 것이다.

그것도 미국 시간으로 오전 9시.

그러니까 일 터진 것을 듣자마자 미다스가 바로 자르라고 지시했고, 마이스터는 업무 시작과 동시에 발표했다는 뜻이다.

그동안 노형진이 마이스터와 미다스를 위해 이룩한 어마어마한 실적을 본다면 그건 터무니없는 소리였다.

그렇게 확 잘라 버릴 이유는 없었다.

어제까지만 해도 말이다.

그 말은 노형진이 큰 실수를 했다는 거고, 그 실수라는 건 짧게 인터뷰한 것뿐이었다.

원론적이고 신념적인 말이었지만 그 말이 미다스의 심기를 건드렸다?

그게 의미하는 건 단 하나뿐이었다.

'박두상이 미다스다!'

가짜 미다스

"이런 미친……."

박두상은 상황이 이해가 가지 않았다.

자신은 아무 짓도 하지 않았다.

그런데 뜬금없이 상황이 이상하게 돌아가기 시작했다.

자신이 미다스라는 황당한 소문이 돌더니 집 앞에 어마어마한 숫자의 기자들이 스물네 시간 죽치고 있기 시작했다.

"이게 뭔……."

그는 입술이 바짝바짝 말랐다.

어떻게 해서든 사건을 덮어야 한다.

그런데 관련 사건에 대해 경찰과 접촉은커녕 변호사를 만나는 것조차도 쉽지 않았다.

"저기, 혹시, 회장님이……."

어쩔 수 없이 집으로 찾아온 변호사는 왠지 떨리는 눈빛으로 물었다.

그런 변호사의 질문에 박두상은 발끈했다.

"나 미다스인지 미나리인지가 아니라고!"

"진짜인가요?"

"내가 그럴 돈이 있으면 이러고 살겠어?"

사실 돈과 권력이 바로 연결되는 건 아니다.

정확하게는 권력과 연결되기에는 박두상이 가진 돈이 부족하다고 보는 게 맞다.

미다스는 자산이 가늠조차 되지 않는 어마어마한 거부다. 돈이 그 정도 되면 그 자체가 어마어마한 권력이 된다.

"그런데 왜 그런 소문이……."

"나도 몰라. 나도 미치겠다고."

아니라고 이야기해 봤지만 누구도 믿지 않았다.

애초에 미다스는 자신의 신분을 병적으로 감추는 것으로 유명했으니 박두상이 아니라고 해도 누구도 믿지 않았다.

애초에 박두상이 미다스가 아니라면 마이스터에서 핵심 권력을 쥐고 있던 노형진을 자리에서 잘라 낼 수 있는 사람이 없었다.

"환장하겠네. 그리고 그딴 건 중요하지 않고. 사건, 어떻게 되어 가? 어? 지금 내 아들내미를 감옥에 보낼 수는 없잖아!"

"사건 자체는 일단 중지되어 있습니다. 아시다시피 박운방 도련님이 일본에 가 있어서."

"내가 그걸 몰라서 물어? 무마가 가능하겠느냐 이거야, 내 말은! 가능해야 입국을 시키든 말든 할 거 아니야!"

그 말에 변호사는 고개를 흔들었다. 그럴 수가 없었으니까.

"불가능합니다."

"뭐? 불가능해?"

"이 정도 상황에서 덮는 건 불가능합니다."

사건을 덮는 데 필요한 핵심 요소는 두 가지다.

누가 뭐라고 해도 무시할 수 있는 강력한 권력과, 사람들에게 걸리지 않은 은밀성.

"그런데 이건 둘 다 아니라서."

전국이 아니라 전 세계가 이 사건을 지켜보고 있는 상황이니 은밀성은 이미 날아갔는데, 그렇다고 권력으로 누르자니 박두상이 정말 미다스가 아니라면 그것도 불가능하다.

"더군다나 미다스 관련 이야기 때문에 판검사들에게도 시선이 쏠려 있습니다. 여기서 사건을 덮는 건 불가능합니다."

"그러면 언제 덮을 수 있는 거야?"

"그게, 일단은 이 난리 통이 무마되고 나서야 가능할 것 같습니다."

"환장하겠네! 내가 그딴 소리나 들으려고 돈 주는 줄 알아? 어? 어떻게 해서든 덮어야 할 거 아냐!"

"······."

"씨발, 전관 변호사가 튀지만 않았어도."

그렇잖아도 원래는 알고 지내던 전관 변호사가 왕수왕의 사건을 담당해 주고 있었다.

하지만 왕수왕이 배신하자 바로 부탁받고 그와 손절했는데, 하필이면 그 이후에 미다스니 어쩌니 하는 문제가 터져 버렸다.

전관 변호사 입장에서도 미다스와 관련되어서 방어하게 되면 득보다는 실이 더 많다고 생각해서 재빠르게 손절을 해 버렸다.

물론 박두상이 진짜 미다스라면 차라리 버티는 게 나은 선택이겠지만 아니라는 것쯤은 그도 알 수 있었기에 혹시나 미다스 쪽과 트러블이 생길까 두려워서 손절을 했고, 박두상은 다급하게 전관 출신들을 찾으려고 했지만 이미 소문이 파다하게 난 상황이라 그들은 이쪽을 쳐다보지도 않았다.

"······."

"젠장······."

박두상은 이를 악물었다.

감옥행은 막을 수 없다. 그런 생각이 들자 남은 가능성은 하나뿐이었다.

"그러면 그 빌어먹을 법은."

"네?"

"그 빌어먹을 징벌적 배상인지 나발인지 하는 거 말이야. 그거 다른 기업들이나 부자들도 막겠다고 로비하고 난리도 아니라면서?"

"네, 그게 기업들 입장에서도 상당히 곤란한 법이라서요."

"그러면 나는 나서지 않아도 되는 거지?"

그 말에 변호사는 욕이 나오는 걸 애써 참았다.

'지랄하고 자빠졌네.'

그걸 막으려고 대기업들이 나서서 움직이는 건 박두상이나 박운방을 위해서가 아니라 자기들을 위해서였다.

그런데 자기들을 위해서라고 착각하는 건지 아니면 진짜 자신이 미다스쯤 된다고 생각해서 저러는 건지는 모르겠지만, 박두상이 말하는 태도가 기가 막혔다.

'대기업에서도 필사적으로 막으려고 하는 걸 뭐? 자기가 나서지 않아도 되는 거지? 네가 나서서 막으려고 한다고 그게 막히냐?'

대기업에서도 전력을 다하는 시점이다.

그런데 저러는 걸 보니 답이 보이지 않았다.

하지만 대놓고 말할 수는 없는 노릇.

"아마도 별문제 없이 막힐 겁니다. 각 기업들뿐만이 아니라 정치인들도 모두 막기 위해 움직이고 있으니까요."

"그래, 그러니 막히겠지. 젠장."

박두상은 아무래도 당분간 아들을 보려면 일본에 가야겠

다는 생각에 눈을 찌푸릴 수밖에 없었다.

그 시각, 미다스라는 존재로 인해 전 세계에서 한국을 뚫어져라 지켜보고 있다는 걸 알면서도 대한민국의 정치판은 바뀌는 게 없었다.

"아직도 안 된다고요?"

"그래. 뭐, 일부는 마음을 바꾸기 시작했지만 통과를 위한 정족수는 턱도 없네."

"대기업에서 로비를 어마어마하게 하는 모양이네요."

"장난 아니야. 지금까지 분위기가 이 정도였던 적이 없지 않았나?"

"하긴, 그건 그렇습니다만."

매년 징벌적 배상 제도를 만들자는 의견은 나오고 있었다.

하지만 국민들이 지금처럼 광분하거나 계속 이야기한 적은 없었다.

부모라는 놈이 자식이 태어나는 걸 막기 위해 패 죽였는데 제대로 처벌하지 못한다는 사실과 그 모든 것의 뒤에 절대적 힘을 가진 돈이 있다는 사실에 극도로 분노한 사람들이 후안무치한 부자들을 제대로 처벌하기 위해서는 결국 돈을 빼앗아야 한다는 간단한 논리에 도달한 것이다.

"하지만 그것과 별개로 법이 통과되는 건 이 지랄이니."

"제법 두둑하게 받는 것 같기는 하던데요."

"그럴 걸세."

송정한은 감출 생각도 없어 보였다.

실제로 송정한의 사무실에도 여러 사람들이 찾아왔고, 송정한은 단호하게 자신은 포기할 생각이 없다고 선을 그어서 돌려보내야 했다.

"심지어 나중에 가서 돈을 줬다는 소리를 들을까 봐 그런 놈들이 왔다 가면 무조건 CCTV는 따로 확보해서 보관해 두라고 했네."

"하긴, 그것도 수법이기는 하지요."

돈을 받는 놈들도 넘쳐 나지만, 돈도 주지 않고 상대방을 엿 먹이려고 하는 경우도 사실 적지 않다.

그렇다 보니 그들과 선을 그었다는 증거를 확실하게 확보해 두지 않으면 나중에 가서 그놈들이 무슨 짓거리를 할지 몰랐다.

"아무래도 역시 무리인가 싶은데. 이 정도까지 했는데도 통과가 되지 않는다면 말이지."

쓰게 웃는 송정한의 말에 노형진은 입맛을 다셨다.

"이렇게 되면 최후의 수단을 쓰는 수밖에 없는데……."

"뭐? 최후의 수단? 진짜로 다른 방법이 없다고 생각했는데 이 판국에도 뭐가 있다고?"

"네, 뭐, 그러니까, 음…… 아예 없는 건 아닌데요. 또 이게 완벽하게 합법이라고 보기에는 애매한 방법인지라……."

"불법이란 말인가?"

"불법이라고 해야 하나요, 함정이라고 해야 하나요?"

노형진은 잠깐 고민하다가 말했다.

"뭐, 더 이상 시간을 끌어 봐야 의미 없는 것 같으니 바로 시작하지요."

노형진은 더 이상 기회를 줄 생각이 전혀 없었다.

⚖

상당수 국회의원들은 이번 기회를 노려서 어떻게 해서든 크게 한탕 하고 싶어 했다.

지금처럼 국민들이 들고일어나는 시점에서 그들의 부탁을 들어주지 않으면 국민들이 실망한다는 건 안다.

하지만 그건 어디까지나 상대적인 거다.

빛이 있어야 어둠이 있는 법이고, 누군가는 통과시키기 위해 몸부림쳐야 자신들이 더러워 보이는 법이다.

"하지만 누가 우리한테 그러겠습니까? 하하하."

조본승 의원은 크게 웃었다.

"맞습니다. 어차피 선거철이 되면 또 다 까먹고 자기들끼리 패 갈라서 싸울 텐데요, 뭘."

"그리고 우리가 공천권을 가지고 있지 않습니까? 우리가 공천할 건데 무슨 의미가 있겠습니까?"

정치인들의 생각은 단순했다.

어차피 시간이 지나면 잊어버린다.

그리고 공천은 어차피 자기들이 한다.

즉, 소수의 찬성파 의원들을 공천에서 빼 버리면 공천되는 것은 그에 반대한 사람들뿐이니 싸움은 공정해지는 거다.

정확하게는 치사해지는 것이지만, 최소한 자기들이 공격받을 이유는 없게 된다.

"하여간 국민들이라는 게 똑똑한 척은 다 하는데 현실을 몰라요. 그 징벌적 뭔지를 통과시켰다가 나중에 기업들이 넘어가면 나라가 망한다는 것도 모르고."

"그러니 말입니다."

"우리가 기업을 지켜 주지 않으면 누가 지키겠습니까?"

"맞습니다."

다들 술에 취해서 흥청망청 기분 좋게 즐기고 있을 때였다.

갑자기 조본승 의원의 핸드폰이 울리기 시작했다.

"누구지?"

그는 전화기를 들어서 번호를 확인했다.

"누군데요?"

"그냥 무시하세요, 한창 분위기 좋은데."

"아, 잠시만요. 통화 좀 하겠습니다."

조본승은 다른 정치인들과 마찬가지로 여러 개의 핸드폰을 가지고 있다.

일반 업무용 핸드폰은 일반인들이 연락처를 아는 것이지만 지금 전화가 온 핸드폰은 중요 인물들에게만 번호를 알려준 것이다.

그래서 일반 핸드폰은 비서가 들고 있는 경우가 많았지만 이 핸드폰은 전화를 꼭 받아야 해서 항시 소지하고 있었다.

조본승은 조용한 공간으로 가서 전화를 받았다.

"네, 조본승입니다."

―조 의원, 재미있게 지내고 있소?

"누구신지?"

―누구인지 알 텐데?

그 말에 조본승은 눈을 찡그렸다.

"야, 너 누구야? 감히 내가 누군지 알고……."

―알지, 조 의원. 내가 운광을 통해 보낸 돈 잘 받으셨소?

"운광?"

운광이라는 말에 조본승은 갑자기 소름이 돋았다.

얼마 전 징벌적 배상 제도를 막아 달라며 운광건설을 통해 무려 20억이나 되는 돈이 차명 계좌에 들어왔기 때문이다.

"뭔 소리야? 무슨 돈?"

조본승은 다급하게 부정했다.

하지만 상대방은 모든 걸 알고 있었다.

－모른 척하지 말고. 요즘 인터넷이 나로 인해 시끄러운 건 나도 알고 있으니까. 짧게 말하겠소. 무조건, 무슨 수를 써서라도 징벌적 배상 제도는 막으시오. 내가 손해 보는 거 끔찍하게도 싫어하는 사람이거든?

"야, 너 진짜 누구야!"

－이거 참, 말이 짧으시군. 나를 대신해서 운광을 보낸 걸 알면서 이런다라……. 그렇다면 정치하기 싫으시다는 말로 알아들어야겠네.

그 말에 조본승의 머릿속이 복잡해졌다.

'그 소문의 어둠의 왕? 미다스란 말인가? 그 기사가 사실이었나?'

만일 상대방이 미다스라면 자신은 죽었다고 봐야 한다.

중진 의원 하나 잡겠다고 지역 경제를 박살 냈던 전력이 있는 미다스다. 그런 그가 자신을 노린다?

자리가 문제가 아니라 생존이 문제가 될 거라는 공포감이 스멀스멀 피어올랐다.

"아니, 오해가……. 워낙 장난치는 놈들이 많아서요. 죄송합니다."

－장난? 이 번호가 그렇게 장난 전화가 많이 올 정도로 널리 알려지진 않았을 텐데?

그 말에 조본승은 침을 꿀꺽 삼켰다.

돈 문제도 그렇게 번호 문제도 그렇고, 상대방은 자신의 약점을 정확하게 알고 있었다.

　─뭐, 당신 말고도 다른 의원들에게도 두둑하게 챙겨 놨으
니까 당신이 반대하든 뭘 하든 상관없지만, 알아 두시오, 나
는 당신한테 20억이나 줬다는 걸. 당신이 제대로 개로 활동
하지 못한다면 내가 당신을 어떻게 그 자리에 두겠소?

　"……."

　─무슨 수를 써서라도 막으시오. 어차피 국민들은 개돼지
아니오? 이번에 제대로 막으면 다음 선거 자금은 내 두둑하
게 드리리다.

　"네, 어르신."

　─좋소. 그러면 이만.

　전화가 끊어지고 나자 조본승은 눈을 찡그렸다.

　"이걸 어쩐다. 아니, 선택지가 없는 건가?"

　애초에 그걸 막으라고 돈을 받았고, 그 돈을 받은 이상 막
을 수밖에 없다.

　설사 돈을 안 받았다고 해도 징벌적 배상 제도는 자신도
막아야 하는 처지다.

　"이권이 겹친다면 손해 볼 이유는 없지."

　그는 주머니에 핸드폰을 집어넣으면서 다시 룸 안으로 들
어갔다.

　그리고 때마침 핸드폰을 들고나오던 다른 의원과 마주쳤다.

　"아, 조 의원."

"아, 네……."

그의 손에 들린 핸드폰이 울리는 것을 본 조본승은 왠지 전화가 어디서 오는 건지 알 것 같았다.

⚖

조본승을 비롯한 수많은 의원들은 전화를 받고 어리둥절했다.

자신을 어둠의 왕이라고 소개한 남자는 목소리를 변조하고 하고 있었기에 누군지 알 수도 없었다.

전화번호를 추적해 봤지만 대포폰이었고, 그 이후에는 통화가 되기는커녕 아예 꺼져 있었다.

몇몇은 그걸 심각하게 받아들였지만 대부분은 별 미친놈이 다 있다고 생각했다.

물론 자기들이 돈을 받은 것에 대해 이야기한 게 꺼림칙하기는 했지만 대부분은 그냥 찔러본 거라고 생각했다.

다들 그렇게 치부하고 별일 없이 넘어간다고 생각하고 있었다.

날벼락은 전혀 엉뚱한 곳에서 터져 나왔다.

"뭐? 정보길드?"

"네, 의원님. 정보길드에서 잠금 서비스 비용을 내라는 요구가 날아왔습니다."

"미친. 그 새끼들이 왜 거기에서 튀어나와!"

정보길드. 전 세계적으로 불법행위 자료를 구입하는 놈들이다.

그놈들은 자료를 확보한 뒤 대상자에게 잠금 서비스 비용을 요구한다.

그런데 만일 누군가 잠금 서비스 비용보다 10% 더 많은 금액을 낼 경우 그 정보는 그에게 넘어가며, 그런 경우 대부분 인생이 끝장난다.

어중간한 정보는 아예 취급도 하지 않으니까.

"뭔 잠금 서비스 비용? 내가 조심하라고 했잖아!"

"저희도 정보가 어떤 건지 모르고 있습니다, 나름 조심해서 움직였는데……."

"뭔지도 모른다고? 그놈들, 정보길드 맞아?"

혹시 사기가 아닐까 하는 생각이 들었다.

"그쪽에서는 증거를 보내겠다고 했습니다, 퀵으로 보낸다고 했는데……."

그 순간 문이 열리면서 다른 보좌관이 작은 상자를 들고 안으로 들어왔다.

"의원님, 퀵이 왔습니다."

"내놔, 빨리! 그리고 나가! 절대로 접근하지 마!"

조본승이 다급하게 상자를 열자 거기에는 작은 USB가 들어 있었다.

그걸 노트북에 꽂자 탐색기 창과 함께 작은 음성 파일이 모습을 드러냈다.

조본승은 그 파일을 더블클릭 했다.

—조 의원, 재미있게 지내고 있소?

—누구신지?

거기까지 들은 조본승은 그걸 멈췄다. 그리고 부들부들 떨었다.

'이게, 어떻게……?'

자신과 어둠의 왕이 통화한 녹음 내역. 그게 왜 여기에 들어 있단 말인가? 이해가 가지 않았다.

어둠의 왕이 정보길드에 팔았을까?

그럴 리가 없다. 정보길드에 팔아 봐야 돈도 그다지 안 될 뿐더러, 결정적으로 자기 약점이 아닌가? 그런데 그걸 왜 판단 말인가?

'그러면 누가?'

조본승이 고민하자 그를 지켜보던 보좌관은 묻지도 못하고 침만 꼴깍 삼켰다. 직감적으로 자기가 모시는 국회의원이 뭔가에 연관되었다는 걸 알아차렸으니까.

"젠장, 어떻게 이게 샌 거지? 도대체 누가 흘린 거야?"

아무런 말도 못 하는 상황에서 갑자기 조본승의 핸드폰이 울리기 시작했다.

번호를 확인한 조본승은 느낌이 좋지 않았다.

낯선 전화번호였지만 누군지 알 것 같았다.

"여보세요. 조본승 국회의원입니다."

ㅡ자네 미쳤군. 날 협박하고도 곱게 넘어갈 거라 생각하는 건가?

"미다스?"

ㅡ알면서 날 협박해? 죽으려고 각오했군.

"아니, 잠깐만요! 협박이라니요!"

ㅡ인생 끝낼 각오를 하고 시작한 것이길 비네.

짧은 통화는 순식간에 끝났다.

조본승은 다급하게 다시 전화를 걸었다.

그러나…….

ㅡ전화기가 꺼져 있어 '삐' 소리 후 소리샘으로 연결되오니…….

"젠장!"

실수였다. 자신을 협박한 놈이 누군지는 모르지만 정보길드를 통해 미다스도 협박한 것이 분명했다.

그러지 않고서야 이런 일이 벌어질 수가 없다.

그런데 미다스 입장에서는 아무리 생각해도 자신밖에 의심이 가는 사람이 없을 게 뻔했다.

"망했다."

다른 사람도 아니고 미다스다. 그런 사람을 적으로 돌리고 살아남을 수 있을까? 그럴 가능성은 높지 않다.

"의원님, 왜 그러십니까?"

점점 얼굴이 창백해지는 조본승을 보고 보좌관은 고개를 갸웃했지만 조본승은 그런 보좌관의 걱정을 들어 줄 정신이 없었다.

"어떻게 해서든 막아야……."

자신도 모르게 혼자 그렇게 중얼거렸지만, 아무리 생각을 해도 방법이 없었다.

"다른 의원들에게 연락해 봐, 혹시 미다스에게 연락이 온 거 있나."

최악의 경우 일이 심각하게 틀어질지도 모를 상황이 되어 버렸다.

"이게 어디서 샌 건지는 모릅니까?"

"알 수가 없습니다. 다만 미다스의 핸드폰에서 샌 게 아닐까 합니다. 제 핸드폰은 다시 검사해 봤습니다만, 도청 장치 같은 건 없었으니까요."

"어허, 이거 참. 미다스, 아니 박두상 그놈은 뭐랍니까?"

"몇 번 전화해 봤는데 자신은 미다스가 아니라고 주장하고 있습니다."

"아니, 뭔 개소리야? 언론에서도 미다스라고 증거를 내밀고 있고 사건 자체가 그놈이 미다스라고 가리키고 있는데."

"미다스인 걸 인정하면 그 순간부터 엮이게 되겠지요. 안 그렇습니까?"

실제로 누군가 성공하면 국회의원들이 몰려와서 정치자금을 내놓으라고 깽판 치는 거야 하루 이틀 문제도 아닌 데다, 부자들에게는 한 번은 겪어야 하는 일이기도 했다.

"이건 그냥 넘어갈 수도 없는 일입니다. 이대로 간다면……."

말은 안 했지만 다들 같은 생각이었다.

그럴 수밖에 없는 게 만일 조본승의 말대로 녹음 파일이 도청된 게 미다스, 아니 박두상의 핸드폰이라면 대부분의 국회의원들의 통화 내역이 도청되었다는 의미가 되기 때문이다.

"이번에 대부분 적지 않게 받았지요?"

"아니, 누가 그래요?"

"지금 말장난하지 맙시다. 중요한 건 그게 아니니까. 그게 만일 선거 때 터지면 어쩔 겁니까?"

"……."

지금 터지는 거? 솔직히 중요하지 않다.

차라리 지금 터지면 자신들이 덮을 수라도 있다.

하지만 선거 때 터지면?

그때는 이야기가 달라진다.

선거 때 터지면 자신들의 낙선은 확정적이다.

그렇게 되면 다른 후보들이 이슈가 된 징벌적 손해배상을 주장할 테고, 몰표가 이루어질 가능성이 커진다.

그렇다고 이번에는 징벌적 손해배상을 통과시켜 주겠다며 말을 바꾸는 것도 웃긴 게, 그 말을 누가 믿어 주겠는가?

뇌물을 받고 통과를 막은 게 자신들인데.

최악의 경우는 정치인들만 바뀌는 게 아니라 아예 듣도 보도 못한 정당이 치고 올라올 수도 있다.

자신들이 아는 한 당과 상관없이 모두가 이번 건으로 돈을 받은 상황인데 그게 소문나기라도 하면 진짜 어떤 당을 밀어줄지 모를 일이다.

"어떻게 해서든 막아야 합니다. 이대로 놔둘 수는 없습니다."

"하지만 어떻게 막아야 한단 말입니까? 그게 가능할 리가 없지 않습니까?"

이미 저쪽에서는 녹음된 파일을 가지고 있다.

그러니 그걸 막을 방법이 없다.

모두의 걱정에 조본승은 침을 꿀꺽 삼켰다.

"법을 통과시킵시다."

"네? 잠깐만, 그게 무슨 말입니까?"

"지금 핵심은 우리가 뇌물을 받고 징벌적 배상 제도를 막았다는 것 아닙니까?"

"그렇지요."

"하지만 우리가 징벌적 배상 제도를 막지 않는다면요?"

"네?"

"아니, 그렇지 않습니까? 우리가 그 제도를 통과시키고 나면 그 녹음 파일은 의미가 없어집니다."

만일 누군가 그걸 쥐고 흔든다고 해도 그때는 이미 자신들이 그 법을 통과시킨 뒤다.

자신들을 음해하기 위해 조작한 파일이라는 주장이 가능해진다.

실제로 그렇게 통과만 된다면 저 녹음 파일이 가지는 힘은 없다고 봐도 무방하다.

법이 통과된 후에 누군가 그걸 흔들어 봐야 자신들이 법을 통과시켰다는 현실은 사라지지 않으니까.

하지만 녹음 파일의 경우는 목소리를 짜깁기해서 음성 파일을 만들었다는 주장은 얼마든지 할 수 있다.

"아무리 조작을 잘해도 현실을 이기지는 못한다 이거군."

"네, 그러니 빠른 시일 내에 법을 통과시킬 방법을 찾아야 합니다."

"하지만 조 의원, 그러면 기업들이 뭐라고 할 텐데……."

"기업들이 뭐라고 할 수는 있겠지만, 그들이 우리 목숨보다 중요합니까?"

"끄응, 그건 그렇지."

자신들이 권력에서 멀어지면 기업들은 난리가 날까?

아니다. 아예 관심조차도 없다.

그건 차라리 다행한 일이고, 오히려 과거의 잘못에 대해 보복한다고 덤빌 수도 있다.

실제로 바르게 살아온 몇몇 국회의원들이 은퇴하고 나서 기업에 보복당하는 경우도 종종 있었다.

"하지만 우리가 법으로 뭔가 하는 행위는 보복 못 합니다."

정치인이 바뀌는 거지 정당이 바뀌는 게 아닌지라, 만일 정당 차원에서 통과시킨 법을 기업이 보복하게 되면 자기 후배 정치인들에게 말하면 된다.

그러면 후배 정치인들이 그걸 가만두지 않는다.

자기들도 살아야 하니까.

"그렇지만 돈이……."

"어차피 그놈들이 돈 준 거, 그놈들은 발설 못 합니다. 그리고 그 전화에 따르면 자기들 돈도 아니라고 하지 않습니까?"

"그 전화를 믿을 수가 있겠소?"

"믿을 수 있는 건 아니지요. 하지만 녹음 파일이 있다는 건 사실입니다. 그리고 같이 온 증거를 보시면 돈을 받는 장면도 있습니다."

"뭐요?"

"작정하고 우리를 추적한 겁니다."

그 말에 정치인들의 머리에서 땀이 흘렀다.

시대가 바뀌었고, 그래서 감시에서 벗어나는 게 쉽지 않다.

옛날에는 기자만 조심하면서 적당히 떡값을 쥐여 주면 되었는데, 지금은 개나 소나 다 카메라를 가지고 있고 망원렌즈로 엄청난 거리 밖에서 사진을 찍을 수도 있다.

"그러면 차라리 법을 고치는 건 어떻소? 좀, 덜 욕먹게……."

"차라리 한쪽을 편들어 주는 게 낫습니다. 걸레짝이 된 법으로는 브레이크가 안 듣습니다."

옛날에는 법을 통과시킬 때 국민의 눈치를 봐야 했는데, 그래도 꼭 통과시켜야 하는 법이라면 그 대신에 걸레짝을 만들었다.

가령 뇌물 관련 법을 통과시키면서 대상에서 국회의원은 빼 버린다거나 하는 식으로 말이다.

"그리고 우리가 싸워야 하는 대상이 누군지 아시지 않습니까? 그 미다스입니다."

"아!"

자신들이 법을 통과시키면 분명 보복해 올 게 뻔하다.

"박두상이 미다스라면 우리가 법을 엄중하게 집행해서 꼼짝도 못 하게 해야 합니다."

"엄중이라……."

그 말에 다들 고개를 끄덕거렸다.

사실 국회의원들의 자존심은 어디 가지 않는다.

머리 위에 누군가 있고 그들이 자신들을 통제한다고 생각하는 건 극도로 자존심이 상하는 일이었다.

"미다스를 한번 손봐야 하지 않겠습니까?"

"하긴, 그건 그렇지."

지금 미다스를 두려워하는 이유는 간단하다.

미다스가 가진 어마어마한 재력도 문제지만, 그가 누군지 모른다는 점 때문에 두려워하는 것이다.

보복이나 공격을 하고 싶어도 방법이 없으니까.

"하지만 드러난 이상 이야기는 다르지요."

대기업 총수도 하루아침에 감옥으로 보내는 게 바로 국회의원의 힘.

그동안 미다스에게 당한 걸 생각하면 당장 씹어 죽여도 이상하지 않았다.

"미다스를 공격합시다. 일단은 징벌적 손해배상을 통과시키는 것에서 시작하지요. 돈이 없으면 힘도 빠지는 법이니까요."

자신들이 살기 위해 그들은 새로운 법을 찬성하기로 마음먹었다.

⚖

얼마 후 국회에서는 징벌적 손해배상이 거의 만장일치로 통과되었다.

일부에서는 배상 금액을 세 배로 한정하자는 소리를 하면서 의회를 방해하기도 했지만, 부자들에게 고작 세 배의 배상금은 돈 같지도 않을 거라는 수많은 사회단체의 주장과 미다스라고 주장하는 존재에 대한 공포 때문에 최대 이백 배라는 아주 높은 배상 비율을 가지게 되었다.

쉽게 말해서 배상금이 1억 원이면 200억이라는 돈을 청구할 수 있게 된 것이다.

"아주 똘똘 뭉쳐서 통과시키더군. 도대체 뭔 짓을 한 건가?"

송정한은 노형진을 찾아와서 기가 막힌 표정으로 물었다.

절대 안 된다던 사람들이 갑자기 마음을 바꿔서 적극적으로 징벌적 배상을 인정했다.

설득이 힘들다고 생각하고 있었는데 설득은커녕 직접 찾아와서 동의해 주겠다고 밝히기까지 했다는 거다.

"비밀입니다."

노형진은 그냥 웃고 말았다.

사실 비밀로 할 수밖에 없다. 자신이 녹음하고 전화한 뒤 그걸로 장난친 거라는 사실을 어떻게 말하겠는가?

"일단 법은 통과되었고 얼마 후면 효과를 발휘할 걸세. 손아령 씨 사건은 그때 가서 손해배상을 청구할 거지?"

"네. 일단 징벌적 손해배상으로 청구할 겁니다."

"타격이 크겠구먼."

손아령이 받을 수 있다고 예상되는 배상금은 정상적이라면 3천만 원 정도 된다고 볼 수 있다.

사람 하나 죽인 것치고는 터무니없이 적은 돈이다.

하지만 박두상과 박운방의 모든 행동은 법에서 정한 징벌적 손해배상의 영역에 해당된다.

고의성이 있고, 악의적이며, 반성하는 대신 사건을 은폐하려고 했다.

"최대 이백 배라고 하면 60억이군. 어이구야."

"고작 60억이지요."

"하긴, 또 그것도 그렇군."

재기 불능으로 만들 정도의 타격을 줘야 겁먹는다.

문제는 그게 불가능하다는 거다.

이백 배? 산술적으로 본다면 절대 적은 돈이 아니다.

"우리가 조사한 박두상의 재산이 얼마였지요?"

"1,700억이었지?"

"턱도 없군요."

거기에서 60억을 덜어 낸다고 한들 흠집이나 나겠는가?

"그러면 의뢰인의 복수는 불가능하겠다고 봐야겠군."

차라리 60억을 주고 깔끔하게 털어 버리려고 할 게 뻔하니까.

"아니요. 복수는 이미 시작되었습니다."

노형진은 웃으며 말했다.

"아마 박두상은 미칠 노릇일 겁니다. 후후후."

"돈은 필요 없어요. 제가 원하는 건 복수예요."

노형진의 말에 손아령은 눈이 붉어졌다.

그녀는 어떻게 해서든 박운방과 그 일가에게 복수하고 싶어 했다.

　문제는 힘이 없다는 것.

　"60억이 아니라 600억을 줘도 우리 아기는 안 돌아와요! 그놈들에게 받은 돈으로 배를 채울 생각은 전혀 없다고요!"

　"압니다. 이해해요."

　"설마 현실을 받아들여라 같은 소리를 하시려는 건 아니라고 믿겠어요."

　노형진은 흥분하는 손아령에게 말했다.

　"자 자, 진정하시고. 제 눈을 보세요. 제가 거짓말하는 걸로 보입니까?"

　"……."

　그 말에 손아령은 애써 마음을 진정시킬 수 있었다.

　"제가 말씀드린 복수는 징벌적 손해배상입니다. 하지만 아무리 징벌적 손해배상이라고 해도 한계가 명확하지요. 특히 한국처럼 몇 배라는 제한이 붙어 있다면 더더욱요."

　당장 미국에서도 징벌적 손해배상을 처맞은 기업들이 멀쩡하게 운영되고 있다.

　"징벌적 손해배상이 상대방을 망하게 할 정도의 타격을 주는 경우는 목숨과 관련이 있을 때뿐입니다. 그마저도 다수의 목숨과 관련이 있어야 하지요. 그게 아니라면 징벌적 배상이라고 해도 아주 큰 타격을 주지는 못합니다."

　가장 대표적인 예가 바로 두한자동차다.

방사능 사태로 징벌적 손해배상을 맞은 두한은 배상금을 내기 위해 자동차와 조선업 등을 팔아야 할 정도로 휘청거렸다.

　그에 반해 과거에 한 커피숍에서 화상 피해를 입은 손님에게 준 징벌적 손해배상금은 고작 50억 정도.

　"그게 그 대형 프랜차이즈에 무슨 의미가 있겠습니까? 다만 손님의 경고를 무시하지 말라는, 말 그대로 경고성입니다."

　"이 경우는요?"

　"경고죠."

　"아니, 사람이 죽었는데……."

　"자 자, 진정하시고. 법리적으로 아이가 사람은 아니라는 점으로 설득하지는 않겠습니다. 그 대신에, 기억하시죠, 복수하는 데 오래 걸릴 거라던 제 말?"

　"그게 이건가요?"

　"오래 기다리셨다고 생각하나요? 군자의 복수는 10년도 이르다는 말을 하신 건 손아령 씨 본인입니다."

　그 말에 손아령은 입을 꾸욱 다물었다.

　실제로 손아령이 조급해서 그렇지, 시간으로 본다면 아주 오래 걸린 것은 아니었다.

　"징벌적 손해배상은 그 시작을 알릴 뿐입니다."

　"그러면요?"

　"같이 가시죠. 저와 같이 가시면 복수가 이루어지는 장면을 보시게 될 겁니다."

노형진은 손아령을 데리고 집 밖으로 나왔다.

자신이 굳이 여기까지 그녀를 데리러 온 것은 그녀야말로 복수가 시작되는 걸 볼 자격이 있는 사람이기 때문이다.

노형진은 그녀를 데리고 어디론가 향했다. 그곳이 어딘지 알게 된 손아령은 분노로 부들부들 떨었다.

그녀가 도착한 곳은 다름 아닌 박두상의 건물이었으니까.

그것도 그가 사무실을 꾸리고 있는 건물이었다.

"설마 여기서 당장 뭔가가 이루어진다는 건가요?"

"시작입니다."

"시작요?"

"저 앞에 보이세요? 건물 앞에 있는 사람들."

그제야 손아령은 건물 앞에 어마어마한 숫자의 사람들이 모여 있다는 사실을 알아차렸다.

분노로 시야가 좁아져 있어서 미처 몰랐던 부분이었다.

"저 사람들 뭐죠?"

"기자입니다."

"기자요? 기자들이 왜요?"

"오늘 로버트가 들어오는 날입니다."

"로버트가 누구죠?"

"로버트는 미국에 있는 마이스터의 대표이자 동시에 미다스의 자금 관리인입니다. 주기적으로 들어와서 보고해 왔지요. 저한테요."

노형진이 대리인이니까 그건 당연한 일이었다.

한 달은 화상통화로, 한 달은 직접 만나서 보고받는 게 노형진의 정기적인 일정이었다.

"그런데요?"

"그런데 제가 잘렸으니까 누군가에게는 보고해야 합니다."

"설마?"

로버트는 누군가를 만나서 보고해야 한다.

그런데 평소 보고하던 대리인이 없다.

그러면 누구에게 보고해야 할까?

"진짜로 박두상이 미다스인 거예요?"

"아니요. 그럴 리가요."

노형진은 피식 웃었다.

"공식적으로 로버트는 박두상에게 투자를 권하러 온 겁니다. 하지만 사람들은 다르게 생각하겠지요."

"아!"

당연히 로버트가 보고를 위해 찾아왔다고 생각할 것이다.

노형진은 그런 이미지를 만들기 위해 원래는 비밀리에 이루어지는 대면 보고 일정을 언론에 슬쩍 흘렸다.

보고하기 위해 한국으로 온다는 것도 이상한데, 심지어 로버트는 박두상만 만나고 미국으로 귀국할 예정이다.

"사람들은 박두상이 미다스라고 확신하게 될 겁니다."

"그런데 그게 저와 무슨 관계죠?"

노형진은 어리둥절해하는 손아령을 보면서 미소 지었다.

"손아령 씨, 돈은 적을 만드는 법입니다. 돈을 버는 과정에서 어마어마한 피가 흐르니까요."

노형진은 그걸 누구보다 잘 안다.

합법적으로 투자를 통해 돈을 벌기도 했지만 때때로는 과감한 공격을 통해 돈을 벌기도 했다.

"그리고 때때로 돈은 그 자체로도 적을 만들어 내지요."

그가 가진 돈을 노리거나 그를 질투해서.

"미다스는 적이 많습니다. 그리고 그가 가진 대부분의 적들은 터무니없이 강하지요. 솔직히 말해서 박두상이 벌 수 있는 돈? 그가 버는 돈은 미다스에게 비하면 잘해 봐야 시간 단위의 수준밖에 안 됩니다. 그런데 그 적들은 그걸 질투하고 미다스에게 복수하고 싶어 하고 있지요."

"설마?"

"제가 뜬금없이 왜 잘렸겠습니까? 미다스는 박두상이 미다스라고, 주변을 속일 생각인 겁니다. 제가 그러자고 했지요."

미다스는 적이 많다.

그 적들은 지금 미다스가 박두상이라고 생각하고 있다.

"문제가 생기자마자 저를 잘랐고 로버트가 보고를 위해 찾아왔다고 하면, 사람들은 아주 합리적 의심을 할 수밖에 없지요. 아마도 그들은 박두상을 공격해 볼까 하고 건드릴 겁니다."

"그래서 아니라고 하면 공격하지 않을 거잖아요?"

"물론 그렇지요. 하지만 체급이라는 말이 괜히 있는 게 아니지 않습니까?"

그들은 간을 본다는 생각으로 박두상을 살짝 툭 치겠지만, 박두상에게는 덤프트럭이 전력으로 들이받아 버리는 충격이 될 것이다.

"박두상이 잘 버틸수록 그가 미다스일 확률이 높아 보이겠지요. 결국 미다스의 적들은 확신을 품고 물어뜯을 테고요."

과연 그걸 박두상이 버틸 수 있을까?

그가 가진 1,700억이 적은 돈은 아니지만, 미다스의 적이라고 할 수 있는 급들에게 있어서 그건 한 줌의 재산도 안 된다.

"지금 우리는 그 시작점에 있는 겁니다."

노형진의 말에 손아령은 이를 악물고 건물을 노려보았다.

그 순간 시끄러워지는 사람들.

차량이 한 대 다가오더니 지하 주차장으로 들어가는 게 보인다.

그리고 그 차량을 따라 들어가는 기자들.

"비록 손아령 씨가 그 수많은 아귀들 중 하나로 끼어들겠지만, 한 손 거들 수는 있을 겁니다."

"그런 거라면 기꺼이 하겠어요."

손아령은 그 말에 단호하게 답했다.

⚖️

　박두상은 자신의 사무실로 들이닥치는 사람들 때문에 정신이 없었다.

"야! 다 털어!"

"하나도 남기지 마!"

"아니, 이게 무슨 짓이오!"

"무슨 짓은 개뿔. 야, 먼지 한 톨까지 다 털어 내!"

　들이닥친 이들은 세무조사차 찾아온 사람들이었다.

　애초에 정부에서 기업인이나 개인을 공격하기 위해 가장 많이 쓰는 방법이 뭔가? 바로 세무조사다.

　더군다나 소문에 따르면 박두상은 미다스다.

　그런데 그동안의 박두상의 납세 내역을 본다면 절대 미다스로 보이지 않는다.

　그 말은? 천문학적인 액수의 돈을 빼돌렸다는 의미가 된다.

"은행 쪽은 어때?"

"다 관련 자료를 달라고 해 놨습니다. 사무실에 도착할 때쯤이면 자료가 도착해 있을 겁니다."

　국세청에서 누군가를 본격적으로 공격하기 시작하면 그가 망하는 것은 순식간이다.

　당연히 박두상은 비명을 질렀다.

"오해가 있었던 겁니다! 나는 미다스 같은 게 아닙니다!

나는⋯⋯!"

"조사해 보면 알겠지요. 야, 다 가지고 가."

모든 게 다 털린 후 멍하니 앉아 있는 박두상.

물론 여기에 중요한 건 없다.

하지만 자신이 아무리 잘 감춘다고 해도 현금의 흐름 자체를 감출 수는 없다. 당장 아들이 돈을 빼서 펑펑 쓴 건 비밀도 아니니까.

"이럴 수가⋯⋯."

정신이 아득해지는 상황에서 미친 듯이 울리는 전화기.

박두상은 그걸 무시하지 못하고 전화를 받아 들었다.

"여보세요."

─회장님, 큰일 났습니다. 지금 박운방 도련님이 일본 경찰에게 체포당했습니다.

"뭐? 그게 무슨 소리야! 체포라니?"

─그게, 외환 관리법 위반으로 체포되었다고 합니다.

"그게 뭔 말도 안 되는 소리야?"

─저도 모르겠습니다. 지금 다급하게 변호사를 알아보고 있습니다만⋯⋯.

"당장 풀어 주란 말이야!"

"그게, 접견도 금지되어 있고⋯⋯."

"뭐? 그게 말이 돼?"

한국에서는 그게 불법이지만 일본은 불법이 아니다.

야베가 쿠데타 이후에 실각하고 정권이 바뀌었다지만 여전히 권력자들은 시스템을 바꾸는 것을 꺼렸으니까.

더군다나 일본에는 미다스라고 하면 치를 떠는 사람들이 넘쳐 난다.

그들은 일본이 몰락한 이유가 미다스 때문이라고 생각하고 있었고, 그 말이 아예 틀린 것도 아니었다.

그 때문에 복수를 외치는 상황이었으니 미다스의 아들로 보이는 사람이 들어왔다는 소식은 그들에게 기회로 느껴질 수밖에 없었다.

당연히 그들은 박운방을 현장에서 체포했다.

죄? 없으면 만들면 된다.

그게 그들의 생각이었다.

아직 일본의 인질 사법 문화가 사라진 것은 아니었으니까.

"아니, 당장 변호사도 안 사고 뭐 하는 거야! 어?"

-그게, 저희도 다급하게 변호사를 선임하려고 했는데 결제하려고 보니까 계좌가 막혔습니다.

"계좌가 막히다니 뭔 소리야?"

-모르겠습니다. 계좌가 막혔습니다.

"이따가 다시 전화할 테니까 기다려!"

박두상은 다급하게 통화를 끝내고 은행으로 전화를 걸었다.

"야, 지금 내 계좌가 막혔다는데 뭔 소리야?"

-아, 고객님. 지금 해당 계좌는 법원을 통해 막혀 있네요.

"뭐? 누구 마음대로?"

—저희 쪽 기록에 따르면 법원 명령으로 막혀 있습니다. 그 이상은 알 수가 없고요.

"아니, 어떤 미친놈이……."

"그 미친놈이 접니다."

뒤에서 들려오는 목소리에 휙 고개를 돌리자 노형진이 서 있었다.

"넌 뭐야?"

"변호사입니다만?"

"그런데 왜 네가 내 계좌를 막아?"

"당연히 손아령 씨의 손해배상을 위해서지요."

"뭐? 야, 그 미친년이……."

"지금 저 제3자입니다. 욕하시면 처벌받아요."

노형진은 싱글벙글 웃으며 말했다.

"계좌는 다 막아 뒀으니까 아마 돈을 구하는 건 쉽지 않을 겁니다."

노형진은 징벌적 배상을 적용해서 무려 200억의 손해배상을 청구했다.

물론 일반적으로 이 경우에 손해배상이 3천만 원인 건 알고 있지만 악질적이라는 점을 이용해서 1억으로 청구하고 그 이백 배를 풀로 채워 버린 것이다.

아무리 박두상이 부자라지만 대부분의 재산은 건물로 가

지고 있었기 때문에 박두상의 계좌를 모조리 잠가 버리는 건
어려운 일도 아니었다.

"너…… 너…… 너 이 새끼."

부들부들 떠는 박두상. 노형진은 그런 그에게 말했다.

"제가 가끔 하는 말이지만 말입니다, 복수는 달콤한 법이
지요, 후후후."

딱 3개월. 박두상이 버틴 기간이었다.

그의 계좌가 잠기고 은행에서는 압류가 들어오고 세무조
사가 들어가고 해외에서는 큰손들이 알게 모르게 박두상을
테스트하기 위해 툭툭 쳤다.

물론 그들은 툭툭 친 정도였지만 그에 맞은 박두상은 까무
러치며 쓰러질 수밖에 없었다.

건물은 은행에서 압류를 걸어서 경매를 시작했고, 노형진
은 그걸 모조리 흡수했다.

박두상을 미다스라고 믿은 사람들은 그에게 몰려들어서
그의 실수 하나하나를 파고들었고, 어마어마한 탈세와 불법
적 행위들 그리고 온갖 범죄들이 발각되었다.

"방금 일본에서 박운방에게 3년 형이 확정되었습니다."

노형진은 멍하니 건물을 바라보고 있는 손아령에게 말했다.

"여죄도 찾고 있는 모양입니다만, 일본에서 3년 형을 받았으니 감옥에 가는 건 피할 수 없을 겁니다. 3년 후에 한국에 들어오고 나면 이번 사건에 대해서도 제대로 처벌받을 거구요."

"그때에도 집행유예가 나오지는 않겠지요?"

"불가능할 겁니다. 이제는 그들을 지켜 주던 돈도 거의 남지 않았으니까요."

박두상은 자신의 재산을 지키기 위해 몸부림쳤지만 한계가 너무 명확했다.

대부분의 재산은 정부에 빼앗기거나 변호사 비용으로 쓰인 데다 밀린 세금에 대한 처벌까지 받았고, 당장 박두상은 탈세 혐의로 재판까지 받고 있다.

"아예 돈이 없지는 않겠지만 그래도 로비해서 사건을 덮을 정도의 힘은 없을 겁니다."

딱 자기들만 먹고살 수 있을 정도의 금액.

"그리고 배상금은 충분히 나왔으니까, 돈만 본다면 손아령 씨가 더 많을지도 모르지요."

법원에서는 이슈가 돼서 그런 건지, 아니면 박두상에게 타격을 주기 위해 그런 건지 어마어마한 금액을 인정했다.

기본 배상금 6천만 원에 징벌적 손해배상 이백 배를 통째로 인정한 것이다.

그래서 받을 수 있는 배상금이 120억이나 되었다.

"의미가 없어요."

왠지 젖어 있는 듯한 목소리에 노형진은 고개를 돌렸다.

손아령은 눈물을 흘리고 있었다.

그 오랜 시간, 인내하면서 싸우던 시간 동안 손아령은 단 한 번도 울지 않았다.

그러나 이제는 끝났다고 생각해서일까? 그녀는 울고 있었다.

"노 변호사님, 전 뭘 어떻게 해야 할까요? 이 공허감을 어떻게 채워야 할까요?"

"글쎄요."

"여전히 복수는 끝나지 않은 것 같아요. 그놈들은 살아 있는데⋯⋯."

아무리 망했다고 해도 여전히 그들은 살아 있다.

자신의 아이와 다르게 말이다.

"다르게 생각하시는 건 어떨까요?"

"다르게? 복수하지 말라는 건가요?"

"반대입니다. 때로는 살아 있는 것이 더 고통스러울 때도 있는 법입니다."

그들은 지옥에 있는 심정이겠지만 진짜 바닥은 아니다.

바닥에서 라면 한 봉지조차 아껴 먹어야 하는 사람들도 있으니까.

"그러니까 끈질기게 사세요. 그들이 살아 있는 것 자체를 지옥으로 만들어 주시면 됩니다."

"지옥이라⋯⋯."

"복수의 끝은 피해자가 정하는 겁니다. 사과도 없고 용서도 없다면 굳이 복수를 포기할 이유도 없지요."

그들은 일이 이 지경이 된 상황에서도 사과하지 않았다.

도리어 집안을 말아먹은 년이라면서 손아령을 욕하고 있다.

"복수를 포기할 이유는 없군요."

"네."

그 말에 손아령은 고개를 끄덕거렸다.

"군자의 복수는 10년도 이르지만 여자가 한을 품으면 오뉴월에도 서리가 내린다고 하지요."

노형진의 말에, 손아령의 죽어 가던 눈빛은 다시 한번 분노로 타오르기 시작했다.

피와 눈물 위에

대한민국의 산업구조는 기괴하다.

기괴함을 넘어서 종속적이다.

그리고 그 종속적 산업구조는 대한민국을 좀먹는 가장 큰 문제 중 하나다.

"우리나라 중소기업의 70%가 대기업에 속해 있다는 소문을 혹 아나?"

박기훈 대통령은 얼굴을 살짝 찡그리며 말했다.

그런 박기훈의 말에 노형진은 아주 당연하다는 듯 대꾸했다.

"소문이 아니라 현실이지요. 대한민국이 이상하게 된 건 사실입니다."

"그래, 그래서 자네를 부른 걸세. 내 쪽에서는 답이 나오지 않아서 말이지."

"무슨 말씀이십니까? 저는 조언을 드릴 수는 있지만 정책 결정에 영향을 줄 수는 없는데요. 그런 건 다른 정치인들과 이야기하셔야 할 듯합니다만."

자문 위원의 역할이 딱 거기까지다. 그 이상 나서면 아무래도 월권이 된다.

그런데 그 말을 들은 박기훈의 얼굴에 짜증이 팍 피어올랐다.

"물론 그러면 좋겠지. 하지만 그게 안 되니까 문제인 거야. 나도 대충 이야기해 봤지만, 다들 벌집을 건드리지는 말라는 분위기네."

"벌집요?"

"그래. 요즘 대기업들에서 다른 기업의 특허를 빼앗는 방법에 대해 알고 있나?"

"아, 알고 있지요. 대통령 각하도 그걸 아십니까?"

"내가 지금 병신으로 보이나?"

"솔직히 말하면 이런 방법을 주변에서 각하에게 말해 드렸을 것 같지는 않은데요. 알았으면 고쳐야 하는데, 지금 수년째 고치지도 않고 이러고 있지 않습니까?"

"끄응. 하긴, 정치인들이 한 말은 아닐세. 내 아들이 해 준 말이지."

"아드님이요?"

"내 아들이 노무사 아닌가? 그놈이 그러더군, 이건 진짜

고쳐야 하는 문제라고. 그런데 법이 지랄맞으니…….”

“쩝.”

“대기업이 그런 식으로 꼼수를 쓰면 우리로서도 방법이 없단 말이지. 그래서 다른 정치인들에게 말해 봤지만 다들 건드리고 싶어 하지 않아.”

“그래야 자기들 주머니가 두둑해지니까요.”

특허 문제는 예민하다.

사실 각 기업에서 특허는 사활을 걸고 지켜야 하는 문제다.

“그런데 문제는, 특허를 대기업에서 쥐어짜고 있다는 걸세. 아니, 특허를 가지고 있지 않아도 방법이 없기는 하지만서도.”

대기업은 수십 년간 중소기업의 특허를 빼앗아서 써 왔다.

법을 아예 지키지 않고 특허권을 인정하지도 않았다.

중소기업이 항의하거나 하면 무슨 수를 써서라도 망하게 했고, 재판에서 이겨도 터무니없는 배상금을 내면서 계속 버텼다.

“그런데 요즘은 수법을 바꿨더군.”

“요즘이 아니라 제법 오래되었습니다. 정치인들이 관심이 없어서 그렇지.”

과거에는 대기업에서 그렇게 작은 기업의 특허권을 무차별적으로 침해해도 아무도 뭐라 하지 않았다.

대기업이 살아야 한국이 산다고 생각했으니까.

그런데 시대가 바뀌고 특허권이 중요해지자 대기업에서 그 수법을 계속 쓰기가 애매해졌다.

일단 법원에서도 여론의 눈치를 보느라고 과거처럼 판결을 내려 주지 않다 보니 부담스러운 것도 있지만, 한국이 특허를 침해하던 국가에서 특허를 지켜야 하는 국가로 바뀌어 버린 것이 가장 큰 이유였다.

이 차이는 제법 큰데, 중국 등 특허를 침해한 나라에 항의하려고 보니 자국 내에서도 대기업이 특허를 침해하는데 뭔 소리냐는 말에 대꾸할 말이 없어져 버렸기 때문이다.

"그래서 요즘은 아예 을 대 을의 싸움으로 만들어 버렸지요."

방법은 간단하다.

기존에 거래하던 업체가 특허, 또는 특허는 아니라고 하더라도 그들만의 기술이 들어간 뭔가를 만들고 있으면 자세한 정보를 요구한다.

제조법, 설계도 등등 단순한 검증 용도가 아니라 아주 대놓고 모든 것을 다 요구한다.

음식점으로 본다면 무슨 재료가 들어간다는 정도가 아니라 무슨 재료를 언제 얼마나 넣어야 하며 그 과정에서 온도를 몇 도로 맞춰서 몇 분간 어떻게 조리해야 한다는 것과 같이, 보기만 해도 음식을 똑같이 만들 수 있는 수준으로 요구하는 것이다.

여기에서 문제가 생기는데, 대한민국 중소기업의 70%는 대기업의 하청이라는 거다.

만일 그걸 넘기지 않으면 거래를 끊는다고 해 버리는데, 그럼 하청 입장에서는 도무지 답이 보이지 않는다.

결국 그들은 울며 겨자 먹기로 그 기술을 넘겨야 한다.

문제는 그 이후부터 발생한다. 기술을 넘기면 대기업에서 거래를 점점 줄이다가 끊어 버리는 것이다.

그리고 관련 기술을 대기업에서 소유하는 것이 아니라 다른 하청 기업에 넘겨줘서 그곳에서 더 싼 가격에 생산하게 만든다.

쉽게 말해서 레시피를 강제로 빼앗아서 자기들의 하청에 넘기는 것이다.

그러면 하청은 기술적 문제의 충돌이나 투자 비용 없이 바로 생산이 가능한 만큼 더 싼 가격에 공급이 가능하니까.

바로 여기서 진짜 문제가 발생한다.

그 기술을 넘겨준 것은 대기업이지만 그 기술을 적용해서 제품을 생산하는 것은 결국 하청을 하는 중소기업이다.

당연히 기술을 빼앗긴 사람은 어떻게 해서든 그 사용을 막으려고 하는데, 기술을 침해한 상대방은 대기업이 아닌 중소기업이다.

당연히 소송에 들어가도 그들끼리 멱살을 잡고 싸워야 한다.

갑인 대기업? 그들은 그냥 그걸 가지고 싸우는 두 업체를 모두 버리고 다른 기업에 제조법을 주고 만들게 하면 된다.

원래 기술을 가지고 있던 업체는 그렇게 끊임없이 늘어나는 침해 업체들과 끝도 없는 싸움을 해야 하고, 하청 업체들은 자기들이 살아야 하니 원청인 대기업에 싸움도 걸지 못한 채 원래 기술을 가진 업체와 죽어라 싸우게 된다.

결과적으로 대기업은 돈은 다 빨아먹으면서 투기장에서 노예들이 싸우는 걸 구경하는 것처럼 낄낄거리면서 끊임없이 하청 기업들을 망하게 하는 것이다.

"오래되었다고?"

"대기업 입장에서는 편하니까요."

자기들이 직접 특허나 기술을 침해하면 그에 따른 배상 문제가 복잡하지만, 이건 그게 아니니까.

그냥 자기들은 쏙 빠져나가서 편하게 이득만 보면 된다.

"그러다가 결국 원래 업체가 망하면 그때는 아주 땡잡는 거죠."

그 기술은 그대로 대기업의 기술이 된다. 하청 업체에서 그걸 계속 쓰려고 한다 해도 대기업의 힘으로 찍어 눌러서 망하게 하는 건 일도 아니니까.

설명을 들은 박기훈 대통령은 똥 씹은 표정이 되어 갔다.

"아드님 이전엔 아무도 이런 것까지는 알려 주지 않았겠죠?"

"몰랐네. 내 아들이 말할 때까지는, 이런 일이 있으리라곤 상상도 못 했어."

"하아~."

노형진은 고개를 흔들었다.

'그러니 나라가 이 꼴이 되지.'

현실은 하나도 모른 채 탁상공론만 계속 반복하며 자신들에게 도움이 되는 대기업은 건드릴 생각조차 하지 않는다.

그러다 보니 나라는 점점 망가지고 망한 중소기업인은 계속 자살하는 데 반해 대기업은 배에 기름이 가득 끼어서 쉽게 돈을 벌 생각에 법을 무시한다.

"내 아들에게 들은 것보다 훨씬 심각하군. 그걸 막을 방법이 없나?"

"뭐, 현재 법을 그대로 적용하면 없지요. 특허를 침해한 건 대기업이 아니라 그들에게서 기술을 받은 중소기업들이니까요."

"자네가 전에 한번 비슷한 사건을 해결한 적이 있지 않았나?"

"성화와의 사건을 말씀하시는 모양인데, 그건 아무래도 상황이 다릅니다."

성화 때는 특정 기업과 공장이 목표였다.

그래서 다른 기업들에서 가지고 있던 특허를 구입하는 형태로 일을 방해함과 동시에 그들을 하나로 묶어서 새로운 기업을 탄생시켜 성화를 움직이지 못하게 만들었다.

"그 당시에는 기업들의 적이 하나뿐이었지요. 하지만 이건 성화만의 문제가 아니라 대한민국 기업들 전반의 문제입니다. 현실적으로 본다면 그 방법은 가능성이 없습니다."

"끄응……."

"그리고 그건 어디까지나 기술이 특허를 받은 경우에 가능한 겁니다. 그것도 남들이 따라 하지 못할 그런 기술이어야 가능하지요."

하지만 대부분의 기업들이 보유하고 있는 기술은 그렇지 않다.

특허를 가지고 있다고 해도 살짝만 바꾸면 복제할 수 있는 그런 수준이고, 특허 자체가 없는 경우도 많다.

특허라는 게 만능은 아니라서 한 번 특허를 내면 몇 년 이내에 그걸 공개해야 하는데, 그런 경우 그 안에서 변동 가능한 뭔가를 살짝만 바꿔서 다른 기술이라고 해 버리면 답이 없기 때문에 일부 기업들은 특허를 내는 것 자체를 상당히 꺼리는 부분도 있었다.

"그러면 방법이 없나?"

"확실히 애매하기는 하지요. 뭐, 법을 통해 그런 기술을 요구하는 걸 막을 수도 없고."

왜냐하면 기술의 보유 여부는 신제품이나 대기업의 경쟁력과 아주 밀접한 관계가 있기 때문이다.

기술도 확보하지 않고 제품을 만들면 그 제품이 어떤 꼴일지는 예상하기 어렵지 않은 데다, 그런 제품이 팔릴 리가 없으니까.

그래서 거래할 때 그 업체의 기술 수준을 확인하는 것은 정상적인 절차였다.

"그 기술을 다른 기업에 넘기는 걸 막는 건?"

"뭐, 그런 법을 만든다고 해서 솔직히 대기업이 처벌을 받겠습니까?"

"그런가?"

"대기업의 힘을 만만하게 생각하시면 안 됩니다."

그 법을 만들었다고 쳐도, 입증은 전혀 다른 문제가 된다.

대기업은 그냥 안 줬다고 하면 그만이다.

"설사 줬다고 인정한다 한들, 그 법은 대기업을 옥죄는 겁니다. 지금 국회의원들이 움직이지 않는 걸 고민하시는 거 아닌가요?"

"하긴, 그게 문제이기는 하지."

국회의원들이 이런 것에 대한 처벌을 확실하게 해 주면 모를까 그런 법을 만들어 줄 리가 없고, 만들어 준다고 한들 잘해 봐야 벌금 2천만 원? 그 정도 선에서 나오게 할 것이다.

"기업을 감옥에 보낼 수는 없는 노릇이니까요."

결국 벌금으로 퉁쳐야 하는데, 대기업에 그런 푼돈이 무슨 의미가 있을까?

"현재 대한민국의 가장 큰 문제는 각하께서 말씀하신 대로 70% 이상의 중소기업이 대기업 종속적인 입장으로 묶여 있다는 겁니다."

그들이 뭐라고 하든 저항 자체가 불가능하다는 것.

"그러면 그걸 못 주게 할 방법은 없나? 아, 그 특허권을 자네가 사는 건 어떤가? 전에 했던 것처럼."

"잘 아시네요?"

"아들내미가 여러모로 알아봤다고 하더군."

"그러면 지금은 왜 그렇게 못 하는지도 아시겠군요. 제가 특허권을 사는 것은 한계가 명확합니다."

아무리 노형진이라고 해도 특허 전부를 사는 것은 사실상 불가능하다.

더군다나 이미 소송에 들어간 특허를 사는 건 의미가 없다.

"그리고 아까도 말씀드렸다시피 특허가 아니라 기술의 수준이나 과정에 관한 건 제가 산다고 해도 의미가 없습니다."

특허란 개념은 기존에 없던 새로운 뭔가가 들어가야 인정된다.

기존에 들어가지 않던 재료가 들어간다거나 특별한 공정이 들어간다거나 하는 식으로 말이다.

"하지만 이런 중소기업들은 그런 특허에 관해서는 아무래도 한계가 있지요."

기술력이 아무리 뛰어나다 해도 그게 다 특허가 되지는 않는다.

실제로 모 기업에서 어떤 기술자가 기존 장비를 이용해서 3밀리미터 단위의 제품을 만들어 내는 데 성공했는데, 원래 그 장비가 만들어 낼 수 있는 최저 단위는 5밀리미터로 알려져 있었다.

그 소식에 그 장비의 제작사인 독일 기술자들이 한국에 찾아올 정도로 충격을 받았지만, 그게 특허로 인정되었느냐?

그건 아니다. 그 장비는 이미 존재하고 있었고, 그 성능을 최대한 뽑아내는 것은 기술자의 개인적 능력일 뿐이니까.

"대부분의 중소기업의 기술력은 그걸로 끝입니다."

그 기술자에게는 적지 않은 상여금과 보상이 지급되었지만 특허 등록은 되지 않았다.

하지만 그 기업은 그 3밀리미터 단위라는 기술 덕에 그 당시 주요 업체의 거래를 싹 쓸어 갔었다.

"그러면 이럴 때는 어떻게 해야 하나?"

"뭐, 이럴 때는 산업스파이 쪽으로 공격이 가능하겠지요."

"산업스파이?"

"네."

노형진은 고개를 끄덕거렸다.

"사실 엄밀하게 말하면 이건 부정경쟁방지법 위반에 속합니다."

"음?"

노형진의 말에 박기훈이 되물었다.

"특허 같은 것과 관련된 게 아니고?"

"물론 특허가 관련된 건 맞습니다. 하지만 그걸 어디에서 얻었느냐는 것이 상당히 중요한 부분이지요. 방금 각하께서 말씀하지 않으셨습니까? 기술을 빼돌려 하청 업체끼리 싸우게 만드는 게 지금 대기업의 수법이라고요."

그 말에 박기훈은 고민하는 듯했다.

노형진은 그런 박기훈에게 말했다.

"엄밀하게 말하면 지금은 이런 사건의 처리 순서가 잘못되어 있습니다."

"응? 무슨 소리인가?"

노형진의 말에 박기훈은 고개를 갸웃했다.

"지금 각하께서 문제 삼으시는 건 대기업이 중소기업에 기술을 요구하는 건데, 아까도 말씀드렸다시피 검증 차원에서 그런 걸 요구하는 것은 어찌 보면 당연한 겁니다. 그걸 아니까 저런 짓을 하는 거죠."

"그래서?"

"그런데 이런 사건이 터졌을 때 각 중소기업은 억울하다고 상대방 기업과 싸우죠."

"상대방 기업이 아니라 대기업과 싸우게 해야 한다는 건가? 그게 쉽지 않으니까 내가 이러고 있는 것 아닌가?"

노형진은 그 말에 고개를 흔들었다.

이런 수법이 생긴 지가 얼마나 오래되었는데 끝장 보자고 덤비는 사람이 단 한 명도 없었겠는가?

애초에 대기업의 목적은 단가를 낮추는 것이니, 다른 곳에서 더 싼 가격으로 장비 부품을 가지고 올 수 있다면 기존 업체가 고사하는 건 당연한 일이다.

당연히 죽음을 각오한 일부 업체들은 대기업을 대상으로 싸움을 건다.

"하지만 대부분은 집니다."

"역시 돈 때문인가?"

막대한 로비가 이루어지는 대기업을 이길 방법은 없으니까.

설사 로비가 없다고 해도, 대기업을 두려워하는 판검사들이 알아서 기어 버리니 이기는 건 사실상 불가능에 가깝다.

그런데 이어지는 노형진의 말은 상상을 초월했다.

"아니요. 로비 때문이 아니라, 싸움 대상을 잘못 고른 거지요."

"응? 그게 무슨 말인가?"

"대부분의 사람들은 대기업을 공격하지요. 사실 누가 문제인지야 빤히 보이니까."

하지만 빤히 보이는 것과 그걸 증명하는 것은 전혀 다른 문제다. 많은 사람들이 그건 간과한다.

"공격해야 하는 대상은 대기업이 아닙니다. 그 책임자지."

"설마 회장을 공격하라 이건가? 그게 가능할 리가 없지 않나?"

박기훈은 턱도 없다는 표정으로 말했다.

대기업을 공격하는 경우에도 생존이 불투명한데 오너를 공격한다? 그건 자기한테 기름을 뿌린 뒤 폭탄을 짊어지고 불 속으로 뛰어드는 꼴이다.

"아, 오해하셨군요. 제가 말한 책임자는 그 기업을 관리하는 사람을 뜻합니다."

"그 기업을 관리하는 사람?"

"네. 애초에 기업을 관리하는 사람이 있기 마련 아닙니까?"

"직원을 말하는 건가? 그 사람을 공격해서 뭘 어쩌려고?"

노형진은 그 말에 씩 하고 웃었다.

"백문이 불여일견이라고 했지요. 제가 시범을 보여 드리지요. 뭐, 어차피 이런 소송은 엄청나게 많으니 저희 새론에서 싹 쓸어 오는 것도 나쁘지 않겠군요, 후후후."

"박송찬이라고 합니다. 노무사입니다."

박송찬은 인사하면서 뒤에 있는 사람을 힐끔 보았다.

"불편하시면……."

"불편할 것까지는 없습니다. 아버지가 누구인지 아는데요, 뭘."

"하하하, 저는 엄청나게 불편해서요."

노형진은 박송찬의 말에 씩 하고 웃었다.

하긴, 불편할 만하다.

노무사는 노동자들의 권리를 대변하는 직업 중 하나다.

그런 사람에게 갑자기 경호원이라고 몇 명씩 따라다니기

시작하면 부담스러울 수밖에 없었다.

"제가 독립한 게 저 사람들 때문이라니까요."

"아, 그래요?"

"말도 마십시오. 저 원래 노무사 사무실에서 같이 일했습니다."

한 열 명 정도 되는 노무사들이 모여서 같이 일하는 사무실이었는데, 박송찬의 아버지가 대통령이 되자 갑자기 경호원들이 상주하게 되었다. 이후 경호원들의 부담스러운 시선과 알게 모르게 느껴지는 압박 때문에 다른 직원들이 불편해하는 게 보이자, 박송찬이 어쩔 수 없이 개인 사무실을 차리게 된 것이다.

"그런데 이번 사건은 어떻게 아시게 된 겁니까? 보통 이런 사건은 변호사가 담당하는데요."

"거기 직원분이 몇 달 치 월급과 퇴직금을 받지 못하셨다고 해서요."

"음, 그 정도면 사실상 기업은 끝장났다고 봐야겠네요?"

"네. 그래서 아버지랑 그런 이야기를 하게 된 겁니다."

하청을 주던 중소기업으로부터 기술을 빼앗고 나면 대기업은 하청을 끊어 버린다.

그러면 그 기업은 살아남기 위해 몸부림치는데, 그 과정에서 직원의 월급이나 퇴직금이 지급되지 않는 경우가 무척이나 많다.

"뭐, 담당 변호사랑도 이야기해 봤습니다만, 담당 변호사도 답이 없어서 쩔쩔매더군요. 하긴, 대기업을 개인 변호사가 이긴다는 건 거의 불가능하기는 하니까요."

"상대 기업이 어딘데요?"

"두한입니다."

그 말에 노형진의 표정이 묘하게 바뀌었다.

두한과 여기서 엮일 거라고는 생각도 못 했기 때문이다.

'확실히 두한과는 악연이긴 한 모양이군.'

"관련 자료는 혹시 있으십니까?"

"네, 뭐, 일단은 있습니다. 처음에는 안 주려고 하다가 제 아버지가 대통령이라고 하니까 은근 기대하더군요."

"하하하."

하긴, 하소연하는 것도 아니고 기업이 망해 가는 꼴을 공개하고 싶지는 않았을 테니까.

"일단 보면 아시겠지만 전형적인 방법입니다."

"전형적이라……."

기록을 보니 확실히 그랬다.

딱히 특허가 있는 기업은 아니지만 제품 생산을 하는 데 있어서 나름의 기술을 가지고 있는 중소기업이었던 태상은 주로 전자 기판을 만드는 곳이었다.

그곳은 다른 곳에 비해 불량률이 엄청나게 낮았는데, 그게 바로 그들만의 일종의 스킬이었던 것.

"그런데 두한에서 그 스킬을 알려 달라고 한 거죠."

물론 태상은 당연히 거절했지만, 그러면 거래를 끊는다는 말에 어쩔 수 없이 공개했다.

거기까지는 좋았다.

태상은 두한이 다른 곳에 그 기술을 공개하여 업체들의 불량률을 낮추면 적지 않은 이득을 얻을 수 있다는 것을 알고 있었다. 따라서 그 상황은 감수하고, 기존의 납품 수준만 유지해 준다면 묵인할 생각이었다.

"그들이 절대적인 을이니 어쩔 수 없지요. 억울하지만 그게 현실이니까."

문제는 그 이후부터였다.

기술을 제공하고 이듬해에 두한에서 갑자기 주문량을 50% 줄였고, 그 이듬해에는 다시 50%를 줄였다.

그러니까 과거에 구매해 가던 양의 75%를 줄인 거다.

이 정도면 현실적으로 기업 운영이 안 될 상황이었기에 태상은 가만히 있을 수가 없었다.

당연히 태상은 항의했지만 두한은 철저하게 무시로 답했고, 알아보니 기존에 자신들에게서 납품받던 수량을 무상엔지니어링이라는 기업에서 납품받고 있는 것으로 드러났다.

"이쯤 되면 대충 이해가 되시죠?"

"무상은 신생 업체겠군요."

"네. 과거에 두한에서 일하던 이사급이 나와서 차린 업체입니다."

흔하게 있는 일이다.

회사 내부에서 위로 올라갈수록 자리는 적어지다 보니 당연히 나가지 않으려고 한다.

그렇다고 그냥 자르자니 기업에 헌신한 것도 있고, 아무래도 이사급쯤 되면 기업의 비밀 한두 개 정도는 가지고 있기에 그냥 내보내기도 좀 그렇다.

그럴 때 쓰는 수법 중 하나가 바로 이런 거다.

아래 업체에서 빼앗은 기술로 회사를 차리게 하고 납품 업체를 바꾸는 거다.

그냥 오픈하고 받아 주면 당연히 신생 회사인 만큼 품질이 하락될 게 뻔하니까.

"하여간 무상에서 공급받기 시작했고, 태상에서는 무상에 항의했지만 증거가 있느냐고 나왔고, 회사에서는 동일한 기술력을 가지고 있다면 당연히 단가가 낮은 곳을 선택하는 게 상식 아니냐고 뻔뻔하게 대응했다고 하더군요."

그리고 태상은 소송전에 들어갔지만 아니나 다를까, 극도로 불리한 상황이라고 한다.

특허받은 기술도 아니고 일종의 스킬이다 보니, 운이 좋으면 누구라도 발견할 수 있는 것이니까.

"물론 현실을 본다면 턱도 없는 소리죠."

같은 업종의 같은 장비를 쓰는 기업이 한두 군데도 아닌데 그들은 그 스킬을 모른다.

그런데 아예 경험도 없는 신생 기업이, 수십 년간의 경험과 연구로 나온 그 스킬을 알아내서 두한의 계약을 따냈다? 그건 말도 안 된다.

더군다나 그 무상의 사장은 애초에 이쪽 업계 사람도 아니었다.

"저희도 그래서 곤란한 상황입니다."

그들이 불쌍한 건 불쌍한 거고, 박송찬은 노무사다.

당연히 의뢰인을 위해 사건을 진행해야 한다.

"그런데 아무리 봐도 현 상황에서 태상에 돈이 있을 것 같지는 않더군요."

태상의 사장은 기업을 유지하기 위해 대출이란 대출은 다 받은 상황이었다.

공장과 장비, 집, 심지어 자가용까지 담보로 대출받아서 버티고 있는 중이다.

당연히 그 끝이 얼마 남지 않았으리라는 것은 불을 보듯 뻔했고, 두한과 무상은 이제 태상이 망해서 넘어가기만을 기다리고 있는 상황이었다.

그런 상황이니 당연히 임금을 받고 싶어도 받아 낼 방법이 없었다.

"일단은 망하는 걸 막아야겠군요."

노형진은 절대로 두한이 원하는 대로 흘러가게 놔둘 생각이 없었다.

"돈을 빌려주신다고요?"

"네. 무이자로 빌려드리겠습니다. 기한은 5년입니다."

노형진의 말에 태상의 사장인 금태섭은 침을 꼴깍 삼켰다.

5년.

소송을 그때까지 버틸 수 있을까 하는 생각과, 빌려 봐야 소용없다는 생각 등등 온갖 복잡한 생각이 머릿속을 스치고 있었다.

"아, 물론 조건이 있습니다."

"조건이라 하시면……?"

"두한과 싸우는 중이시죠? 그 사건을 저희 새론에 일임하는 조건입니다."

"네? 두한과요?"

"솔직히 두한과 그 지랄이 났는데 앞으로 같이 일할 수 있을 거라고는 생각되지 않는데요. 그렇지 않나요?"

"후우, 그건 그렇지요."

금태섭도 그걸 안다. 그래서 두한과 소송할 때 이기기 위해서라기보다는 그냥 코너에 몰린 쥐가 한번 물어나 보자고 덤빈 것이었다.

애초에 변호사도 이기기는 힘들 거라고 했고 말이다.

"저희가 이번에 시범적으로 뭔가를 해 보려고 하는데 지금 딱 사장님이 거기에 맞는 사건을 쥐고 계시거든요."

"딱 맞는 사건이라……."

"그걸로 이자를 퉁친다고 생각하시죠."

그 말에 금태섭은 입술을 잘근잘근 씹었다.

그러나 고민은 짧았다.

당장 이자로 나가는 돈만 해도 절대로 적지 않으니까.

"좋습니다. 어차피 막장인 상황이니 부탁드리겠습니다. 그런데 기존 변호사님께서 싫어하지 않으실지……."

"아마 싫어하지는 않으실 겁니다."

그도 두한과 싸우는 게 부담스러운 상황일 테니까.

"그러면 관련 자료를 가져다주시죠."

박송찬이 준 자료는 기본 소장 정도이지 금태섭이 가지고 있는 자료 전부는 아니었다.

당연히 금태섭은 사건 자료 전부를 가지고 왔고, 노형진은 그걸 차분하게 읽었다. 그리고 혀를 끌끌 찼다.

"이런 식이면 절대 못 이깁니다."

"네?"

"일단 소송 대상이 두한과 무상이군요."

"당연한 거 아닙니까?"

"무상이야 당연한 거지만, 두한은 일단 빼 두죠."

"그게 무슨 말씀이십니까, 두한에서 제 기술을 무상으로 빼돌린 건데!"

금태섭의 말에 노형진은 단호하게 선을 그었다.

"빼돌린 건 두한이 아니라 담당자입니다. 그렇게 보여야 합니다."

"네? 그게 무슨……?"

"자, 이 소장의 문제가 뭔지 아십니까? 당사자로 두한을 적었지요? 입증 책임이라는 건 그걸 주장하는 사람이 증명해야 합니다."

그런데 당사자는 두한이다.

즉, 두한이 그걸 가지고 가서 넘겼다는 걸 증명해야 한다.

"그런데 어떻게 증명하실 겁니까?"

"그거야……."

방법이 없다.

아무리 자신들이 두한에 넘긴 게 사실이라고 해도 그걸 무상으로 넘겼다는 걸 증명하기 위해서는 그 순간을 잡아내거나 전산에 기록이 남아 있어야 한다.

"그런데 그걸 어떻게 얻으시겠습니까? 변호사가 말하지 않던가요?"

"그건 경찰의 수사로……."

"네, 경찰의 수사로 해야 하지요. 하지만 그 대상의 광범위함이 문제입니다."

대상은 두한이다.

그 말은 그 안에서 일하는 수많은 사람들 전부가 대상이 되는다는 소리이며, 그들의 컴퓨터와 이메일의 사용 내역 전부를 달라고 해야 한다는 소리다.

"이런 식으로는 절대 영장이 안 나옵니다."

당연히 이쪽에서 경찰에 신고해 봐야 영장이 나오지 않으니 추적은 불가능하고, 그렇다 보니 죄도 증명 못 하고 결과적으로 민사적 책임도 물을 수가 없다.

"사건을 해결할 때는 중요한 건 특정성입니다. '누구누구 나쁩니다. 그놈 처벌해 주세요.'라는 건 우리나라 경찰의 특성을 생각하면 절대 해 주지 않을 일이지요. 하물며 대상이 두한 같은 대기업인데 하겠습니까?"

"그러면요? 누구한테 이걸 호소해야 한단 말입니까?"

"호소를 하라는 게 아니라, 스킬을 가지고 간 사람을 특정하라는 겁니다. 여기를 관리하던 두한의 직원이 있을 텐데요?"

"안태익 대리 말입니까?"

"안태익 대리가 그 자료를 달라고 했나요?"

"네."

노형진은 그 말에 고개를 끄덕거렸다.

물론 고작 대리에게 무슨 그런 힘이 있느냐고 누군가 물을지도 모르지만, 안태익 대리는 대리로서 그걸 달라고 한 게 아니라 두한의 일부로서 그걸 달라고 한 거다.

"그러면 자료는 어떻게 넘겼습니까? 설마 뽑아서 외장 메모리로 넘겨준 건 아니죠?"

"저도 그렇게 무식한 건 아닙니다. 어느 정도 예상은 했으니까……."

다만 이렇게 전격적으로 거래를 끊을 거라고는 생각을 못 했을 뿐이다.

"이메일로 보내 줬습니다."

"그러면 그 안태익 대리를 고소하셔야지요."

"하지만 그가 가지고 가서 두한에 넘겨줬을 텐데요?"

"그러니까 드리는 말씀입니다. 입증 책임이라는 건 두한이 무상에 자료를 넘겼다는 것을 증명해야 한다는 뜻인데, 그걸 증명할 방법이 없죠. 하지만 말씀하신 것처럼 이메일로 자료를 발송했다면 그건 안태익 대리라는 특정성이 완성된 걸 의미합니다."

그건 안태익 대리를 산업스파이 혐의로 고소한다면 경찰이 그의 이메일과 컴퓨터를 털 수 있는 영장을 청구할 수 있는 요건이 된다는 거다.

"하지만 그런다고 해서 두한에서 방어를 안 하겠습니까?"

"두한에서 방어를 안 하는 게 아니라 하면 큰일 나죠."

"네?"

"개인의 일탈적 범죄입니다. 두한은 기업이고요. 그러면 두한이 그를 보호하기 위해 변호사를 선임하지는 못한다는 겁니다."

실제로 노형진은 과거에 성화에서 오너의 변호사를 사는 것을 공격해서 무너트린 적이 있었다.

개인의 범죄 사항에 대해 기업에서 돈을 쓰는 것은 명백하게 불법이다.

당연히 개인 범죄에 대해서는 개인이 변호사와 모든 소송비를 지불해야 한다.

"하물며 오너도 그런데 고작 대리의 변호사 선임을 두한에서 보조해 준다? 그건 자기들이 죄를 인정하는 꼴입니다."

그 말에 금태섭은 침을 꼴깍 삼켰다. 그런 건 생각해 본 적이 없으니까.

'많은 사람들이 실수하는 거지.'

회사 돈이 내 돈이라는 말이 흔할 정도로, 중소기업에서는 그렇게 엄격하게 구분하지 않으니까.

하지만 엄밀하게 말하면 그런 건 구분하는 게 맞다.

"그러면 안태익을 고소해야 합니까?"

"네, 그리고 동시에 민사소송도 넣어야 합니다."

"민사소송요? 왜요?"

"말씀드렸다시피 두한에서는 안태익을 보호해 주지 않을 겁니다. 그런데 사실 두한에서 시킨 건 뻔한 일이거든요."

단순히 형사처벌이 문제가 아니라 수십억대 배상에 같이 엮이게 된다고 하면 안태익은 공포에 찌들 것이다.

"하지만 두한에서 도와주지 않는다고 하면 그는 사실을 말하게 되겠지요."

한 명이 아래에서 사실을 실토하게 만드는 것을 시작으로 천천히 올라가다 보면 결국 그 끝에 도달하게 되는 법.

"그때부터가 본격적인 싸움이 될 겁니다, 후후후."

⚖️

안태익은 두한에 취업했을 때만 해도 행복했다.

한국에서 알아주는 대기업이니까.

하지만 어느 순간 이미지가 안 좋아지더니 흔들리는 회사 사정 속에 걱정과 두려움으로 매일을 보내게 되었다.

회사는 긴급 상황을 이유로 직원들을 가차 없이 해고했고, 그때마다 자신이 그 꼴이 되지 않을까 하는 두려움에 그는 더더욱 열심히 일했다.

시키는 대로 하고, 어떻게 해서든 실적을 내고, 자신의 충성심을 증명하려고 했다.

그 덕분에 그는 다른 동기들이 잘리는 와중에도 살아남았다.

그런 그에게 위기가 찾아왔다.

"저는 안 빼돌렸다니까요!"

"하지만 당신 말고는 범인이 없다니까요."

"아니, 그러니까 제가 그 자료를 요구한 건 사실이지만……."

"당신이 자료를 요구해서 받아 냈고 두한에서는 그걸 무상에 준 적이 없다고 하는데, 그러면 누가 무상에 준 겁니까?"

"저는 그냥 위에 보고한 걸로 끝이라니까요. 대기업 대리에게 무슨 권한이 있다고 정보를 빼돌립니까?"

"보고를 누구한테 했는데요?"

"그거야……."

당연히 과장에게 했다. 그게 시스템이니까.

그러나 그 순간 안태익은 말문이 콱 막혔다.

'큰일 났다.'

만일 여기서 과장에게 보고했다고 말하면 무슨 일이 벌어질까? 당연히 과장이 소환될 거다.

그러면 과연 그가 자신을 가만둘까?

아니, 과장에서 커트당하면 그나마 다행이다.

분명 부장급까지 보고가 올라간 것으로 알고 있다.

그 이상은 고작 대리인 자신이 알 수 없는 영역이다.

어찌 되었건 부장만 해도 자신의 커리어를 잘라 버리는 것은 어렵지 않은 직책이다.

"그러니까 누구한테 보고를 올렸습니까? 파일을 보낸 건 확인했어요. 그걸 누구한테 이야기했느냐고요."

"그건……."

말을 하자니 대기업 소속이라는 자신의 커리어가 끝장날 것 같아서 두렵고, 안 하자니 자신을 기술을 빼돌린 산업스파이 취급하는 게 억울했다.

"그러니까 보고를, 어디까지 했냐면……."

말하고 싶어도 하지 못하고 버벅거리는 그때, 뒤쪽에서 누군가의 목소리가 들려왔다.

"더 이상 진술하지 마십시오."

거기에는 양복을 입은 안경을 쓴 남자가 서 있었다.

"누구십니까?"

경찰의 질문에 그는 명함을 건네며 말했다.

"법무 법인 중해에서 나왔습니다. 여기 안태익 씨 변호사입니다."

변호사라는 말에 안태익의 얼굴이 환해졌다.

직감적으로 그를 보낸 게 누군지 알아차린 것이다.

"으음……."

변호사의 등장에 경찰은 신음을 냈다.

지금까지는 변호사가 없어서 강하게 몰아붙일 수 있었지만 변호사가 등장한 이상 앞으로는 불가능하다.

아니나 다를까, 변호사는 안태익의 옆에 앉아 녹음기를 꺼내 탁자에 떡하니 올렸다.

"변호사의 동석 없이 취조한 것은 불법입니다. 처음부터 다시 하지요."

그 말에 경찰의 얼굴은 똥 씹은 표정으로 변해 버렸다.

"법무 법인 중해요? 뭐, 그럭저럭 실력은 뛰어난 곳입니다."

박송찬의 말에 노형진은 별거 아니라는 듯 고개를 끄덕거렸다.

"두한에서는 변호사를 못 보낸다면서요?"

"그건 공식적인 겁니다. 비공식적으로는 얼마든지 가능하지요."

"아니, 그 차이가……."

결국 두한에서 보낸 변호사는 안태익에게 입도 뻥긋 못 하게 했다.

당연하게도 안태익은 두한에서 자신을 지켜 준다는 생각에 뻔뻔하게 경찰을 비웃으면서 느긋하게 시간만 때우다가 갔다.

"그놈이 빼돌린 건 확실한데, 그러면 방법이 없지 않습니까?"

"물론 그렇지요. 하지만 이건 단순히 대리인의 문제가 아닙니다. 사실 대리인의 문제이기는 한데, 그렇다고 해서 끝난 건 아니라는 거죠."

"도대체 무슨 말씀이신지?"

사건을 해결하기 위해 당분간은 같이하겠다고 한 박송찬은 이해가 안 간다는 표정으로 노형진에게 물었다.

비공식적인 일이라고는 해도 결국 두한이 변호사를 보낸 건 마찬가지 아닌가?

"공식과 비공식은 상당히 다릅니다. 솔직히 말씀드리면 두한에서 안태익에게 변호사를 보낼 거라는 것은 어렵지 않게 예상할 수 있었습니다. 그게 비공식적일 뿐이죠."

"그런데요?"

"그런데 그 비공식적인 대처도, 결국은 돈을 계좌로 지급해야 합니다."

노형진은 사실 이 모든 걸 설계하고 기다리고 있었다.

누구보다 변호사를 선임하는 과정에 대해 잘 알고 있으며 두한이 어떤 식으로 움직일지도 잘 알고 있었으니까.

"주주나 다른 감사의 문제 때문에 그 돈을 공식적으로 보내지는 못합니다. 그러면 비공식적으로 보내야 하지요. 그런데 비공식적으로 보내려고 한다면 어떤 방법을 써야 할까요?"

"다른 계좌에서 보내겠지요. 두한이 아닌 다른 명의의."

노무사인 박송찬이 빠르게 답변을 캐치했다.

"맞습니다. 그 변호사 비용은 다른 계좌에서 보내야 합니다. 아마도 두한에서 운영하는 익명 계좌, 즉 차명 계좌일 겁니다."

물론 대한민국에 금융실명제가 도입된 것은 아주 오래전 일이다.

하지만 그 금융실명제의 한계는 명확하다.

금융실명제 이전에는 존재하지 않는 사람의 명의로 계좌를 개설할 수 있었지만, 지금은 불가능하다.

주민등록번호를 이용해서 다 일일이 확인하기 때문이다.

"그렇지만 아무리 금융실명제라고 해도 대포통장은 못 막습니다."

존재하지 않는 가상의 인물의 명의로 통장을 만들지는 못하지만, 존재하지만 사실상 증발된 사람의 명의로 통장을 만드는 건 어렵지 않다.

즉, 누군가의 명의를 도용해서 계좌를 만드는 것이다.

"그게 차이가 있나요, 결국 두한에서 돈을 내는 건 똑같은데?"

금태섭은 불만이 가득한 표정으로 말했다.

법에 대해 모르는 그는 차이가 없다고 생각했으니까.

"어마어마한 차이가 있지요. 이 사건이 무슨 사건이지요?"

"산업스파이 사건이지요."

그제야 박송찬은 노형진이 왜 그쪽에서 그렇게 행동하도록 놔뒀는지 알아채고는 탄성을 내질렀다.

"경찰에서 변호사에게 돈을 준 계좌를 의심하게 만들 수 있겠군요."

"네? 그게 무슨 말입니까?"

이해가 가지 않아서 그런지 박송찬의 말에 고개를 갸웃하는 금태섭이었다.

그런 그에게 박송찬이 찬찬히 설명해 줬다.

"이 사건에서 핵심은 안태익이 무상엔지니어링에 산업 정보를 줬다고 의심하는 거 아닙니까?"

"그렇지요?"

"모든 것은 기브 앤드 테이크라는 거죠."

그 대가로 무상엔지니어링에서 돈을 지급했다면, 안태익은 그 돈을 어디다 감췄을까?

둘 중 하나다.

현금으로 감추든가, 아니면 차명으로 감추든가.

자신의 이름으로 넣어 두면 수사받을 때 불리하니까.

"그런데 공교롭게도 안태익을 변호하기 위해 변호사를 고용한 계좌가 있네요? 그게 과연 안태익의 계좌일까요?"

"아! 설마?"

"맞습니다. 저는 그걸 차명 의심 계좌로 신고할 겁니다."

안태익이 감춰 둔 것으로 의심되는 범죄 수익 계좌.

그걸 신고하면 일단 의심스러운 정황은 확실하게 완성되기 때문에 경찰은 그 주인을 확인해 볼 수밖에 없다.

"그러면 그 계좌의 주인은 과연 누구로 밝혀질까요? 후후후."

노형진은 미소를 지었다.

내 돈 아닌데요?

"뭐라고요? 내 계좌에 80억이 들어 있다고요?"

꼬질꼬질한 옷을 입고 있던 남자는 입을 쩍 벌렸다.

노형진이 계좌에 대한 의심 신고를 하자 당연히 경찰은 수사와 관련해서 은행에 계좌의 주인을 알려 달라고 했다.

당연히 계좌 주인의 개인 정보를 경찰이 검색하고 그에게 전화해서 물어보자, 주인은 입을 쩍 벌릴 수밖에 없었다.

"아니, 뭔 소리랍니까, 그게? 제가 가진 돈이 80억이라고요?"

"모르셨습니까?"

"뭔 소리예요? 그런 돈이 있으면 당장 대출부터 갚았지. 내 옷 보면 몰라요?"

그는 돈이 없는 가난한 사람이었다.

사업을 하다가 망해서 빚이 3억이나 있었고, 노숙자로 무려 8년을 살았다.

지금은 그나마 노숙자 삶에서는 벗어났지만 3평밖에 안되는 작은 쪽방에서 먹고 싶은 거 참아 가면서 살아가는 수밖에 없었다.

빚 때문에 어디 다니지도 못하는 처지인데 뜬금없이 80억이라니?

"진짜로 내 계좌에 80억이 있단 말이오?"

"음, 네. 일단은 그러네요. 그러면 안태익 씨는 아십니까?"

"그게 누군데?"

"그 계좌에서 돈을 인출해서 변호사를 산 사람인데요."

"나 그런 사람 모르는데?"

"진짜로요?"

"아니, 진짜로 몰라요. 난 그런 사람 본 적도 없고."

"그렇단 말이지요?"

남자의 말에 경찰은 심각한 표정을 지었다.

처음에 노형진 변호사가 이 계좌가 그 산업스파이 대가로 받은 계좌일 거라고 하면서 고발할 때만 해도 뭔 개소리인가 싶었다.

그런데 조사해 보니 이상한 점이 한두 개가 아니었다.

"알겠습니다. 그러면 가 보시면 됩니다."

"그걸로 끝이오?"

"네, 그걸로 끝입니다."

남자는 당황해서 멍하니 있다가 터덜터덜 경찰서에서 나왔다.

그때 누군가가 재빠르게 달라붙었다. 노형진이었다.

"잠시만요. 광순호 씨 맞으시죠?"

"그……런데 누구슈?"

"노형진 변호사라고 합니다."

"변호사가 무슨 일이오?"

"그 계좌에 80억이 들어 있는 거 아시죠?"

그 말에 광순호는 흠칫했다.

"그거, 내 돈 아니라니께."

"일단은 기억에 없으실 겁니다. 그래서 말인데, 제가 조언을 하나 해 드리고 싶어서요."

"조언?"

"그게, 누가 광순호 씨 명의로 돈을 넣어 놨는지는 모르겠지만 그거 현행법상으로는 광순호 씨 돈이 맞습니다."

"뭐라고요?"

광순호는 그 말이 이해가 가지 않아서 되물었다.

노형진은 그런 그에게 기존의 판례를 들이밀었다.

"보다시피 금융실명제에 따라, 명의자가 있는 계좌의 돈은 그 명의자의 돈이 맞습니다."

그 말에 광순호의 눈동자가 흔들거렸다.

자신은 망한 후 빚을 갚기 위해 몸부림쳤다. 그럼에도 불구하고 여전히 쪽방촌 신세.

끼니도 하루에 한 끼는 라면, 또 한 끼는 삼각김밥이나 도시락으로 겨우 1일 2끼를 때우고 있는 상황이다.

사실 그 삼각김밥이나 도시락도 딸이 일하는 편의점에서 나오는 폐기였다.

그마저도 폐기가 없는 날은 딸이 자신이 먹으라고 허락받은 것을 몰래 내주고 있다는 것도 안다.

눈물이 나도록 미안했지만 그걸 먹지 않으면 다음 날 노가다를 갈 수조차 없어서 눈물을 흘려 가면서 데우지도 않은 삼각김밥을 입으로 쑤셔 넣지 않았던가?

"그게 진짜 내 거요? 진짜로?"

"네, 아직은요."

"'아직은'이라니?"

"그 계좌에 돈이 있는 걸 돈을 숨긴 놈은 알고 있습니다. 당연히 광순호 씨가 그 사실을 알았다는 걸 눈치채면 바로 빼 가려고 할 겁니다."

"……!"

"당장 묶어야 합니다."

"어, 당장! 묶어야지! 당장!"

그는 다급하게 뛰어가려고 했다.

그는 마음이 급했다.

자신과 가족들의 인생을 바꿀 시간이었다.

누군가는 그 돈을 잃고 자신에게 원한을 품게 될지도 모르지만, 알 게 뭔가? 어차피 차명 계좌를 썼다는 것 자체가 더러운 돈이라는 뜻이다.

"잠시만요."

노형진은 그런 그를 붙잡았다. 그리고 자신의 핸드폰을 내밀었다.

"뭐, 달려가실 필요 있습니까? 전화로 하면 되는 거지. 전화해서 계좌 번호 부르시고 일단 출입 정지시켜 놓으시면 됩니다."

"아……."

그 말에 그는 다급하게 은행에 전화를 걸어서 해당 계좌를 묶어 달라고 했다.

─고객님, 해당 계좌를 완전 출입 정지시키실 건가요?

"그렇다니까요! 내가 비밀번호랑 그 뭐냐, 보안 카드랑 다 잃어버려서 그러니까 그거 절대 풀지 마요! 절대!"

그는 눈치 빠르게 거짓말하면서 당장 계좌를 묶으라고 했다.

─하지만 고객님, 이걸 묶어 두시면 나중에 푸실 때 저희 은행을 직접 방문하셔야 하는데요?

"그건 어려운 거 아니니까, 내 직접 가서 풀 테니 무조건 묶어 놔요. 아, 그리고……."

노형진은 옆에서 웃으면서 작은 다이어리에 적은 글을 보여 줬다.

그는 그걸 그대로 읽었다.

"이건 내 변호사 전화번호니까, 혹시 무슨 일이 있으면 무조건 여기로 전화해요. 내가 핸드폰도 털려서 그럽니다. 지금 전화하는 건 녹음 중이니까 혹시라도 나중에 가서 몰라서 못 묶었다는 말을 하면 그 책임은 은행에서 져야 합니다."

—알겠습니다, 고객님. 일단 해당 계좌의 입출금은 정지시켜 두겠습니다.

"확인하겠습니다. 확실히 묶인 거 맞지요?"

—네, 고객님. 현 시간부로 확실히 입출금이 막혔습니다.

전화를 끊은 광순호는 휘청거리더니 그대로 주저앉았다.

그리고 멍하니 있다가 갑자기 미친 듯이 울기 시작했다.

자신이 그동안 얼마나 고생했던가? 그런데 갑자기 상황이 이렇게 바뀌다니.

노형진은 옆에서 그가 진정하기를 한참이나 기다려 준 뒤에야 조심스레 본론을 꺼냈다.

"그런데 왜 녹음시킨 겁니까?"

"은행은 그 계좌가 차명 계좌인 걸 알고 있었을 가능성이 있거든요. 그렇다면 아마 지금쯤 해당 계좌의 정보를 차명 계좌의 주인에게 알려 줬을 겁니다."

당연히 그 차명 계좌의 주인은 돈을 빼내려고 움직이고 있을 가능성이 아주 컸다.

"가는 동안에 그쪽에서 빼내서 다른 계좌로 옮길 수도 있고, 그 후에는 그걸 돌려받는 건 요원한 일이니까요. 계좌를 잘못 보내거나 돈을 잘못 보낸 경우, 돌려받으려면 소송을 엄청 해야 합니다. 그리고 그 돈을 다른 차명 계좌로 돌린 후에 다시 이체하고 계좌를 폭파시키면 받는 건 아예 불가능하고요."

그게 언제 이루어질지 모르니 해당 은행에 뛰어가서 번호표를 뽑고 기다릴 수는 없는 일이다.

"그리고 녹음해 놨다고 했으니 은행 입장에서는 책임을 피할 수가 없게 된 거지요."

만일 묶인 걸 풀어 주고 돈을 다른 사람에게 보낸다면 그때는 소송 당사자가 다른 차명 계좌의 주인이 아니라 은행이 된다.

은행의 불법행위로 인해 발생한 일인 만큼 은행이 일단 80억을 물어 준 후에 돈을 이체해 간 사람에게 구상권을 청구해야 하니까.

물론 그건 어디까지나 은행에 귀책사유가 있을 때의 이야기다. 만일 그냥 전화를 끊었다면 그들은 풀어 주고 몰랐다고 우기면 그만이다.

"하지만 이쪽에서 녹음해 놨다고 했으니 그들은 절대 못 풀어 줍니다."

무려 80억의 손실. 그 정도 사고로 손실이 나면 은행장의 모가지가 날아간다.

"이제 느긋하게 가서 꺼내시면 됩니다, 후후후."

"감사합니다, 감사합니다."

광순호는 다시금 눈물을 흘렸다. 그러다 조심스럽게 물었다.

"그런데 왜 저를 도와주시는 건지……?"

"그냥 안태익에게 악감정이 있다고만 알려 드리지요."

"안태익? 그놈이 누군데요? 그러고 보니 아까도 그 이름을 들었습니다만."

"네, 그 계좌의 진짜 주인으로 보이는 놈입니다. 그래서 말인데……."

노형진은 그에게 목소리를 낮춰서 말했다.

"그놈을 고발해 주실 수 있습니까? 솔직히 말하면 이걸 부탁드리려고 제가 도와드린 겁니다."

"고발요?"

"안태익이랑 사이가 안 좋아서요. 그놈에게 제대로 한 방 먹이고 싶거든요."

차명 계좌는 금융실명제 위반으로, 5년 이하 징역, 5천만 원 이하 벌금의 처벌이 가능하다.

당연히 이건 산업스파이에 관련된 부정경쟁방지법 위반과는 별건의 사건이다.

그런데 그 두 개가 동시에 들어간다면? 아마 대부분의 경우 실형을 피하지 못하게 될 것이다.

'그러나 두한에서 이 이상 도와주는 데에는 한계가 있지.'

두한은 본의 아니게 무려 80억을 날렸다.

그런 피해를 입었으니, 도와주고 싶어도 쉽게 움직이지 못할 게 뻔했다.

'뭐, 아마도 현금으로 움직일 가능성이 크겠지만.'

그리고 노형진은 그것도 예상하고 있었다.

⚖️

"네? 몇 년 형요?"

"아마도 2년 형 이상은 나온다고 봐야 할 겁니다."

"잠깐만요. 이거 막을 수 있다고 하셨잖아요. 막을 수 있다고 회사에서…….."

말하려던 안태익은 변호사가 눈을 찡그리자 아차 싶어서 재빨리 입을 막았다.

"계좌가 털린 게 심각해요. 80억이라는 돈을 어디서 구했는지 증명할 방법이 없으니까."

"아니, 그 돈은 제 돈도 아닌데…….."

"하지만 경찰에서는 의심하고 있지요. 무슨 소리인지 알겠습니까?"

그 말에 안태익의 눈에 공포가 담겼다.

그 돈이 회사의 돈이라는 것을 추측하는 건 어렵지 않다.

그런데 하필이면 금융실명제 위반으로 걸려 버렸다.

그리고 그 돈을 원래 주인이 다 빼서 다른 은행으로 이체해 둔 상황.

"경찰에서는 그 출처를 확인하고 있습니다만……."

문제는, 그 출처를 아무리 찾아도 두한과 엮일 일은 없다는 거다.

그러면 남은 연관점은 단 하나, 안태익뿐.

그가 그 계좌의 돈으로 변호사를 선임한 것으로 되어 있으니까.

"무슨 말인지 아시겠지요?"

즉, 두한이 더러워지게 할 수는 없으니 그 돈을 안태익의 책임으로 돌리라는 의미였다.

"벼…… 변호사님."

"오늘이 마지막으로 보는 날이 될 겁니다. 공식적으로 저는 그 계좌 문제로 사퇴할 거거든요."

"그러면 저는요?"

"회사에서 적당히 쥐여 줄 테니 다른 변호사를 선임하세요. 이번에는 문제없게 현금으로 지급할 테니까. 우리가 나중에 지정한 변호사를 선임하면 됩니다."

"아…… 알겠습니다."

"그리고 알아 두세요. 두한은, 상관없는 겁니다."

그 말에 안태익은 격하게 고개를 끄덕거렸다.

하지만 그의 그러한 결심은 채 하루도 되지 않아서 흔들릴 수밖에 없었다.

다음 날 노형진이 찾아와서 그에게 이야기했으니까.

그리고 그 이야기는 안태익을 코너로 몰아붙였다.

⚖️

"나는 당신과 할 말이 없습니다."

"그래요? 뭐, 현금으로 변호사를 사라고 하던가요?"

그 말에 안태익은 순간 움찔했지만 내색하지는 않았다. 노형진이 자신의 적이라고 생각했으니까.

그러나 그다음 순간 그는 흔들리기 시작했다.

"변호사가 부정경쟁방지법에서 산업스파이에 관한 부분에 대해 잘 이야기해 주던가요?"

"……."

"아, 뭐. 말씀하시지 않겠다고 하니 저 혼자 떠들고 가지요."

노형진은 철저하게 자신을 무시하는 안태익의 태도를 그리 신경 쓰지 않는 듯 보였다.

"부정경쟁방지법상 산업스파이에 관련된 부분은 2조와 18조입니다. 뭐, 2조는 어떤 경우에 죄가 해당되는지 설명하는 거니까 굳이 말씀드릴 필요야 없겠죠. 이 경우는 해당되니까."

"……."

"그러면 18조만 설명해 드리면 될 것 같은데, 이 경우는 18조의 2항이 문제가 됩니다. 18조의 2항이 뭐냐? 비밀을 누설한 사람은 5년 이하 징역 또는 수익의 두 배에서 열 배의 벌금형에 처할 수 있다는 겁니다."

"벌금?"

벌금이라는 말에 안태익은 살짝 흠칫했다.

징역 2년 이상 나올 수도 있다는 말을 듣기는 했지만 벌금에 대해서는 몰랐으니까.

"아이구, 입을 여셨네."

"……."

"다시 입 다무시게요? 뭐, 마음대로 하세요. 그런다고 해서 현실이 바뀌는 건 아니니까."

그렇게 빈정거린 노형진은 느긋하게 말했다.

"아까도 말했다시피 징역은 5년 이하입니다. 뭐, 금융실명제 위반으로 처벌받는 것도 있으니 한 4년에서 5년은 각오하셔야 할 거고요. 표정을 보니 각각 징역을 따로 살 거라는 사실은 모르셨나 보네."

당연하다. 다 합해서 2년이라고 들었는데 뜬금없이 4년에서 5년? 이에 대해서는 그 변호사가 설명해 준 적이 없었다.

노형진은 당황하는 안태익에게 비웃음을 날리며 말했다.

"그 변호사는 당신이 아닌 두한을 지키러 온 거예요. 다 아시면서 왜 이러시나?"

"아니, 무슨 말을 그렇게 합니까!"

"아니라고 생각해요? 당장 벌금 부분만 봐요. 두 배 이상열 배 이하의 벌금입니다. 이게 뭔 소리인지 알겠어요? 일단,당신은 절대 그 계좌의 80억의 출처를 증명할 수 없습니다."

실제로 어제 변호사가 와서 인정하라고 했다. 자신의 돈이라고 말이다.

"그 출처를 증명할 수 없다면 아마도 그 돈은 산업스파이짓으로 번 것으로 판단될 텐데 두 배라면, 어이구, 벌금이 최소 160억이네요. 최악의 경우는 800억? 아 참, 그리고 그건벌금일 뿐입니다. 손해배상은 별도예요. 어디 보자, 태상에서 청구할 수 있는 손해배상은, 어이구, 못해도 30억은 넘을것 같은데?"

우당탕!

그 말에 안태익은 자신도 모르게 의자까지 뒤로 넘어뜨리며 자리에서 벌떡 일어났다.

"뭐, 5년 후에 출소하고 나서 두한에서 갚아 줄 것 같지는 않고. 어떻게, 그때 가서 한강 수온을 한번 체크해 보시겠어요?"

"잠깐, 내가 그 돈을 내야 한다고요?"

"네. 아니면, 그 돈을 어디에서 벌었는지 증명할 수 있어요?"

그 순간 들어오는 교도관들. 시끄러우니까 들어온 모양이다. 노형진은 괜찮다고 손을 들어서 신호했고, 그들은 안태익을 바라보다가 조용히 다시 밖으로 나갔다.

"당신은 뭘 해도 죽어, 이 사람아."

그 말에 안태익은 바들바들 떨었다. 농담으로는 들리지 않았으니까.

물론 이건 노형진이 살짝 장난친 거다.

일단 그가 산업스파이라는 점을 증명하지도 못한 데다가, 80억이 그 대가라는 걸 증명하는 것은 검찰의 책임이지 안태익의 방어 사항이 아니다.

'하지만 안태익은 알지.'

그는 그 자료가 어떻게 해서 무상으로 갔는지 안다. 그러니 마음 한구석에 사실상 자신은 산업스파이가 맞다는 생각이 있을 것이다.

그리고 노형진이 말한 것처럼 그에게는 그 돈의 출처를 증명할 방법이 없다. 그게 두려움으로 다가올 것이다.

"무려 80억이야. 두한에서 왜 무려 80억이라는 돈을 깔끔하게 포기했을까? 생각을 해 봐요. 그 돈을 자기 돈이라고 말하는 순간 두한은 최소 160억을 토해 내야 하거든. 그 돈을 토해 내는 걸 선택할까, 아니면 당신한테 뒤집어씌우고 마는 걸 선택할까?"

"……."

"태상 상태 보면 몰라요? 두한은 당신한테 관심이 없어. 돈만 된다면 의리도, 진실성도 없지."

"크으으……."

그 말에 안태익은 침을 꼴깍 삼켰다. 그 말이 사실이니까.

태상이 망할 걸 과연 두한이 몰랐을까?

당연히 알았을 것이다. 하지만 두한에서는 안태익에게 태상의 기술을 빼앗아 오라고 시켰다.

자신이나 태상이나, 죽어도 그만인 부품일 뿐이었다.

"아, 그리고 제가 찾아온 걸 본 시점에서 아마 아실 텐데."

노형진은 빙긋 웃으며 말했다.

"당신 가족들이 멀쩡할 거라 생각하는 건 아니죠?"

그 말에 안태익은 온몸을 부들부들 떨었다.

노형진의 악명은 유명하니까.

단순히 재판에서 끝내는 게 아니라 상대방을 악착같이 물어뜯는 걸로 유명하다.

특히나 상대방이 반사회적 범죄를 저지른 경우는 자살 말고는 선택지가 없다는 소리가 파다하다.

당장 기자들과의 전쟁을 선포했을 때 자살한 기자들이 백 단위가 넘어간다는 소문도 있었다.

"뭐, 두한의 보호도 없이 얼마나 살아서 버티나 봅시다. 그러고 보니 결혼한 지 얼마 안 되셨죠? 내가 그래도 자비심이 있는 사람이니까 와이프분에게 찾아가서 이야기할게요. 살고 싶으면 지금이라도 이혼하시라고."

"제…… 제발, 제발 살려 주십시오, 제발. 시키는 대로 다

하겠습니다, 제발."

안태익은 정신이 아득해졌다.

이건 아무리 봐도 자신이 이길 수가 없는 싸움이었다.

'내가 미쳤었구나.'

두한에서 자신의 뒤를 봐준다고 해서 자신이 두한인 것은
아니다. 자신은 그저 두한의 수많은 부품 중 하나일 뿐이었다.

그런데 그런 부품 하나 망가트리는 게 노형진에게 뭐가 어
려울까?

"내가 왜요?"

노형진은 의자에 기대어 차갑게 말했다.

"내가 반박할 수 없게 당신이 살아야 하는 이유를 열 가지
만 말해 봐요."

"가족도 있고……."

"당신이 망하게 할 뻔한 태상에서 일하던 사람들에게도 가
족이 있지요."

"두한의 명령을 거부할 수가……."

"두한을 그만둔다고 해서 굶어 죽는 건 아닐 텐데요? 두한
출신이라는 커리어라면 다른 곳에 취업하는 게 힘들지도 않
았을 테고."

안태익은 어찌어찌 열 가지의 이유를 말했으나 모조리 노
형진에게 반박당하고 할 말이 없어졌다.

노형진의 말마따나 그 모든 것이 자신을 위한 핑계일 뿐이

었다.

"죄송합니다."

그는 고개를 숙이고 눈물을 흘렸다.

돌아갈 수 없다는 것. 그걸 직감적으로 느낀 것이다.

"제발, 제발 목숨만 살려 주십시오."

"내가 왜요?"

역시 그런 걸까? 역시 더 이상 살기 힘든 걸까?

안태익은 그렇게 생각했다.

그러나 이어지는 말이 안태익의 정신을 번쩍 들게 했다.

"그거, 당신이 한 단독 범행입니까?"

"네?"

"당신이 태상에다가 자료 달라고 한 거, 그리고 그걸 무상으로 넘긴 거, 다 당신이 혼자서 한 거냐고요."

"아니요. 그건…… 아닙니다."

고작 대리다. 대리가 무슨 힘이 있어서 그런 터무니없는 짓거리를 한단 말인가?

사실 대리는 한창 일을 해야 하는 직급이고 회사 입장에서는 노예일 뿐이다.

당연히 회사 또는 상관이 시키는 대로 하는 수밖에 없는 그런 존재다.

"당신이 혼자 한 게 아니에요?"

"네, 저는 진짜 아닙니다. 물론 태상을 관리하고 있었던 것은 사실이지만 어떻게 제가 그런 짓을 합니까? 애초에 무상에 대해 아시겠지만, 거긴 저희 이사님이 오픈한 회사입니다. 거기에 기술을 넘기는 건 제가 마음대로 할 수 있는 영역의 일이 아닙니다."

'역시나 그렇군.'

노형진의 예상대로였다.

물론 지금은 이사에게 넘겨주기 위해 빼앗았다지만, 그렇지 않았다고 해도 다른 기업들에 넘겨줘서 개싸움을 시키고 두한은 뒤에서 꿀만 빨아먹어 왔을 것이다.

"그러면 그렇게 말하면 되겠네."

"그걸 말하라고요?"

"위에서 시켰다, 그러면 되는 거 아닙니까?"

"그거야……."

그 말에 안태익의 눈동자가 흔들거렸다.

그렇게 한다면 자신은…….

'아니야. 이미 난 두한에 못 돌아가.'

자신에게 모든 걸 뒤집어쓰고 2년만 참으라고 했던 두한이다.

하지만 현실은 2년이 아니라 5년이었고, 수백억에 달하는 어마어마한 벌금은 별도였다.

거기다 손해배상까지.

그걸 두한에서 보낸 변호사가 몰랐을까?

그럴 리가 없다.

노형진의 말대로, 그는 자신이 아니라 두한을 보호하기 위해 온 사람이었다.

즉, 자신이 아무리 노력해도 두한으로 돌아가지는 못한다.

그렇다면 자신이라도 살아야 하지 않겠는가?

"사실대로 말하겠습니다."

노형진의 말에 안태익은 고개를 끄덕거렸다.

"아, 다만 조건이 있습니다."

"조건?"

"그 계좌, 당신은 모르는 겁니다."

"네? 그건 애초에 조건이 아니라…….."

진짜로 모르는 계좌다. 고작 대리가 기업의 차명 계좌를 어떻게 안단 말인가?

그냥 거기를 통해 돈을 받았다고 하니까 그게 기업의 차명 계좌고, 자신을 구하기 위해 조용히 돈을 보냈다고 생각할 뿐이었다.

"그러니까 모르는 척하라고요."

"그 말씀은?"

"당신이 명령을 받았을 뿐이고 그 계좌는 모른다고 하면, 그 계좌의 주인은 누가 될까요?"

"그거야…….."

두한은 절대 그 계좌를 인정하지 않을 것이다. 80억이 적은 돈이 아니기는 하지만, 이미 걸린 이상 돌려받을 방법은 없기 때문이다.

도리어 그게 발각되면 국세청에서 숨겨진 계좌가 더 없을지 탈탈 털어 대기 시작할 건 당연한 일.

"그러면 당신의 상관들이 무슨 소리를 들을까요?"

"아……."

5년 형의 처벌과 최하 160억의 벌금과 30억의 손해배상.

그건 안태익만이 아니라 그 누구도 감당하지 못할 일이다.

"다른 누군가에게 계속 뒤집어씌울 테고, 그 누군가의 지위는 점점 높아만 지겠지요."

그리고 그 끝, 즉 두한 그룹을 노형진은 노리고 있었다.

⚖

노형진의 예상대로였다.

자신이 버림받았고 두한에서 절대 살려 주지 않을 거라는 걸 안 안태익은 바로 두한과 손절하고 사실을 공개했다.

두한, 정확하게는 상관인 과장의 명령에 따라 자료를 요청했으며 그 사실을 과장에게 보고했다고 이야기한 것이다.

그러자 자연스럽게 수사 방향은 과장에게로 향했다.

과장은 자신은 모른다고 딱 잡아뗐지만, 업무 관련 카톡과 이메일 등은 삭제할 수가 없었으니 오리발도 한계가 있었다.

당연히 코너에 몰린 과장은 동일한 과정을 거쳐서 노형진의 함정에 빠져 버렸다.

사실 과장쯤 되면 대리보다 더 다급한 게, 딱 아이들이 돈이 많이 들어가기 시작하는 시점이기 때문이다.

그렇게 올라가다 보니 결국 부장을 넘어서 이사급에게 도달할 수밖에 없었다.

"그러니까 저는 모르는 일이라니까요."

"하지만 다른 사람들은 이야기가 다르던데요. 당신이 시켰고, 당신한테 보고했다던데."

경찰의 말에 공관종 이사는 침을 꿀꺽 삼켰다.

그에게는 책임을 뒤집어씌우고 도망갈 윗사람이 없었으니까.

현실적으로 본다면 이런 일을 회사에서 시킬 가능성은 거의 없다.

두한이 아무리 돈에 눈이 멀었다고 해도 결국 납품받아서 기업을 운영하는 게 우선이지, 문제가 발생하는 것을 원하지는 않는다.

이런 문제는 대부분 회사 차원에서 원가절감을 하는 과정에서 발생하는데, 보통 이사급에서 결정한다.

아니면 이사급에서 퇴사자의 수익을 챙겨 주기 위해 그러거나.

이번 경우는 후자였으니 공관종 이상의 상급자는 없을 수밖에 없었다.

이사의 상급자라고 해 봐야 전무나 사장급 아니면 회장급인데, 그들이 미쳤다고 남의 기업의 지적재산권을 빼앗기 위해 협박을 하라고 시키겠는가?

그들은 원가절감 하라고 명령할 뿐, 결국 구체적인 계획을 실행하는 것은 그 아래다.

"그러니까 누가 시켰냐고요."

계속해서 치고 올라오던 상황은 결국 이사급에서 멈출 수밖에 없었다.

"회사에서……."

"그러니까 회사의 누구요? 그러면 이거 전무급 이상에서 시킨 거죠?"

경찰의 말에 공관종은 손이 바들바들 떨렸다.

'어쩌지? 어떻게 하지?'

여기서 자신이 시켰다는 걸 인정하면 자신이 모든 책임을 지게 된다.

잘리는 건 물론이거니와, 산업스파이 혐의와 저 비밀 계좌에 관련된 문제까지 전부 말이다.

물론 그건 사실이다. 그러니까 미치고 팔짝 뛸 일이었다.

공관종은 어떻게 해서든 이걸 회사에 뒤집어씌울 생각을 했다.

다른 건 몰라도 저 터무니없는 벌금은 낼 수가 없었다.

전 재산을 다 털리고 나면 남는 건 노숙자 신세가 되어 버린 자신일 테니까.

하지만 그런 그의 행동에 대해 과연 두한에서 모를까?

사실 일이 이쯤 되면 두한이 모를 수가 없다.

사원에서 이사까지 순서대로 조사를 받았고, 그 과정에서 자기네 계좌가 털렸으며, 노형진이 그 과정에 개입한 걸 알고 있는데 상부로 조사 범위가 확대되는 걸 가만히 보고 있을 리가 없었다.

"회사에서 시킨 겁니다, 사실은."

공관종의 말에 수사관이 피식하고 웃었다.

"회사에서는 이야기가 다르던데요?"

"이야기가 다르다니요?"

수사관은 그런 그에게 신문을 툭 던졌다.

그 신문을 본 공관종은 정신이 아득해졌다.

> 모 기술 탈취 사건에 관하여 두한은 상관없어
> 일선 임원의 무단이탈에 대해 사죄

"이게 무슨……."

공관종 이사는 침을 꿀꺽 삼켰다.

"아니에요! 아니라고요! 진짜입니다!"

"그래요? 하지만 다른 사람이 한 증언은 다르던데."

"다른 증언?"

증언이라는 말에 공관종은 정신이 번쩍 들었다.

그에게 수사관은 그 증언을 내밀었다.

"어차피 당신네 변호사가 가지고 간 자료니까 상관은 없겠지요. 여기 당신 아래에 있던 서 모 부장이 한 진술입니다."

"그게 누군데요?"

"모를 리가, 당신이 시킨 일인데. 그가 접속한 기록도 있고."

그렇게 가지고 간 기술에 관한 자료를 메일로 보낼 때 과연 개인 컴퓨터를 사용할까?

그럴 리가 없다. 그렇게 공식적으로 가지고 간 기술과 관련된 자료는 당연히 각 기업의 메인 서버에 업로드 해서 보관한다.

일단 기술 검증이라는 확실한 목적이 있으니 직원이 따로 보관하는 건 법적인 문제가 될 수 있기 때문이다.

그리고 대부분의 기업들은 보안상의 이유로 누가 어디에서 메인 서버에 접속해 어떤 자료를 가지고 갔는지 기록에 남기도록 하고 있다.

그런데 하필이면 그 기록을 가지고 간 사람이 서 모 부장이었고, 그 서 모 부장은 거래 업체를 태상에서 무상으로 바꾼 당사자였다.

"한번 보세요, 그 사람의 진술을."

진술서를 들고 있는 공관종의 손이 바들바들 떨렸다.

-그러면 공관종 이사가 시켰다는 말씀이신가요?

-네, 공관종 이사가, 같은 이사끼리 도우면서 살아야 한다고 하셨습니다.

-그래서 자료를 빼서 그 업체에 건넸다?

-저도 직장인입니다. 부장급은 관리직이라 보호도 못 받아요. 이사가 '너 나가.'라고 하면 그냥 나가야 해요.

-그래서 그렇게 빼낸 자료는 어떻게 건넸습니까?

-메모리 카드를 통해 건넸습니다.

-업체 변경 건도 그러면 공관종 이사의 명령인가요?

-네.

-그건 어떻게 된 겁니까?

-저희도 그동안 거래하던 좋은 회사가 있는데 함부로 바꾸지는 못하지요. 그런데 공관종 이사가 워낙 강력하게 밀어붙여서요. 솔직히 기업도 운영하다 보면 리스크가 있는 곳은 최대한 피하기 마련입니다. 오래 거래하기는커녕, 무상은 오래 운영된 기업도 아니고 완전 신생 업체인데 뭘 믿고 거래를 하겠습니까? 저희 두한 입장에서도 그냥 기존 업체와 같이 가는 게 낫죠.

-그러면 그 계좌는 어떻게 된 겁니까?

-아무래도 이사급쯤 되면 여기저기서 청탁 비슷한 게 많으니까…….

확실히 대기업의 이사들이 깔끔하게 그 자리를 차지하고 있다고 보기에는 무리가 있는 것도 사실이다.

설사 깔끔하게 올라갔다고 해도 이사급쯤 되면 청탁의 수위가 장난이 아니게 된다.

-저희 회사도 무려 80억이라는 돈을 챙긴 것에 대해 심각하게 받아들이고 있습니다. 이미 회사 차원에서 집중 감사 중인데 비리가 한두 개가 아니라…….

"감사? 비리?"

진술서를 읽어 갈수록 공관종은 정신이 아득해졌다.

당연히 그 감사에서는 비리가 발각될 테고, 경찰에 고발될 것이 뻔하다.

고발된 공관종이 악다구니를 쓰면서 회사가 시켰다고 아무리 소리를 질러 봐야 믿어 줄 사람은 단 한 명도 없는 것이다.

증거? 이런 짓거리를 할 때 전무급에서 공관종에게 서면으로 명령했을 리가 없다.

당연히 전무실에 불려 가서 구두로 명령을 받았는데, 이사급 되는 놈이 미쳤다고 거기에서 녹음할 수 있을 리가.

만일 녹음을 하다가 걸리기라도 하면 기업 차원에서 어마어마한 보복이 들어갈 게 뻔하기 때문이다.

그에 반해 공관종에게서 명령을 받은 부장급은 실제로 명령받은 게 사실이고 그가 자료를 빼내서 무상 쪽으로 넘겨준 것도 사실이니, 그의 진술은 강력한 증거가 될 수 있다.

이것이 법이다

또한 80억이라는 돈 역시 이사급이라면 뇌물이나 돈을 꼬불쳐서 충분히 벌 수 있는 금액이다.

물론 아주 과도하게 그런 짓거리를 해야겠지만, 어차피 회사에서 감사해서 몇 개만 뜨면 그것과 엮어 버리는 건 어려운 일이 아니다.

즉, 회사 차원에서 버려졌다는 것을 안 공관종은 정신이 아득해졌다.

"나는 진짜 몰라요! 진짜라고요!"

"아니, 회사에서 당신의 단독 범행이라고 발표했다니까요."

이미 두한에서는 공관종이 압력을 행사하여 벌인 단독 범행이라고 결론 내린 상황이었다.

당연하게도 공관종의 미래는 끝장난 것이나 마찬가지였다.

"아니야! 난 아니라고!"

공관종은 울부짖었다.

하지만 이미 답은 결정되어 있었고 누구도 그의 말을 들어주지 않았다.

"제발 내 말을 좀 들어 주세요! 저는 몰라요! 진짜 몰라요!"

"당신이 한 게 맞잖아!"

경찰은 철저하게 공관종을 몰아붙였다.

결국 공관종은 구속영장이 청구되어서 구치소에 들어갔다.

그리고 노형진은 그 사실을 다 알고 있었다.

"주인이 없는 돈. 하지만 주인이 있어야 하는 돈이지요."

노형진은 그렇게 말하면서 씩 웃었다.

박기훈 대통령은 혀를 내둘렀다.

"아들에게 들었네. 결국 거래가 돌아왔다고 하더군. 무상은 난리가 난 모양이지만."

"뭐, 난리가 났겠지요. 돈을 벌 생각으로 오픈했는데 한 푼도 벌지 못하고 그냥 쫓겨나게 생겼으니까."

"두한은 속이 좀 쓰리겠어."

"속이 많이 쓰릴 겁니다. 하지만 아직 안 끝났습니다."

"안 끝났다고?"

노형진의 말에 박기훈은 고개를 갸웃했다.

하지만 노형진이 하는 말에 이내 수긍할 수밖에 없었다.

"이번 건은 오로지 두한의 문제이고 개인의 범죄입니다. 정작 기업에는 어떠한 피해도 없지요. 그들의 오랜 전략인 꼬리 자르기를 예상하고 한 일이니까요."

그리고 공관종이 그 꼬리 자르기의 희생양이었다.

"그런데 각하께서는 그런 짓을 대기업들이 하지 못하게 되는 것을 원하시지 않았습니까?"

"그건 그렇지."

"만일 여기서 공관종이 잘려 나간다면? 어떻게 될까요?"

"흠, 예상이 어렵지는 않군."

공관종이 잘려 나가고 꼬리 자르기가 성공한다면 다른 기업들이 그 짓을 계속하지 않을 이유가 없다. 안 걸리면 그만이고, 걸려도 이번처럼 꼬리를 자르면 그만이니까.

"그러니 꼬리를 자르지 못하게 확실하게 해 놔야 합니다."

"하지만 무슨 수로 말인가? 결정은 이미 거의 된 것 같던데."

두한에서는 꼬리를 잘랐고, 그걸 도와준 건 경찰과 검찰이었다.

"내가 더 파고들라고 해 봐야 들을 것 같지도 않네만. 그리고 내가 더 파고들어 보라고 하는 건 정치적으로 오해받을 수 있는 행동이라……."

박기훈의 목소리는 왠지 씁쓸하게 들렸다.

사실 대통령이 되면 여러 가지를 바꿀 수 있을 거라 생각했다.

하지만 대통령이 되고 나자 그게 쉽지 않았다.

아예 뒤를 생각하지 않는다면 또 모를까, 온갖 절차 때문에 쉽게 바꿀 수 있는 시기가 아니었다. 대통령이 강력하게 지시한 것이 다 정치적 함정으로 연결되니까.

"뭐, 예상은 했습니다."

노형진은 씩 웃으며 말했다.

"예상했다고?"

"뭐, 군사정권 시절의 대통령이 아니지 않습니까? 거기다

개혁파 대통령이 뭔가를 제대로 해 보려고 하는데 주변에서 태클을 걸지 않는다면 그게 더 이상한 거 아닙니까?"

더군다나 박기훈은 실제로도 성공적으로 개혁을 이끌어 가고 있는 사람이다. 그러니 기존의 기득권층에게는 진짜 죽이고 싶은 사람 중 한 명일 것이다.

"이 사건을 파고들라고 하면 대기업에 대한 표적 수사라고 하겠지요."

"그래, 그러겠지."

"그래서 제가 아직 끝나지 않았다고 한 겁니다."

"공관종 이사라는 작자가 뭐라고 하든, 그걸 누가 들어 준단 말인가?"

이미 두한의 입김은 사방으로 퍼져 있는데 말이다.

"공관종 이사가 한 말을 한국의 언론은 들어 주지 않겠지요. 그래서 미칠 노릇일 겁니다. 하지만 저는 다른 언론을 연결해 줄 수 있지요."

지금 공관종은 완전히 고립된 상황이다.

그런 상황에서 누군가가 손을 뻗어 준다면?

당연히 그 손을 잡을 수밖에 없다.

"공관종의 입장에서는 다른 선택지가 없다고 봐야 합니다."

노형진의 말에 박기훈은 걱정스러운 얼굴로 말했다.

"하지만 공관종을 만날 수 있을까? 지금 감옥에 있으니 만나는 게 뭐 문제일까 생각하기 쉽지만, 두한이 자네가 그와 접촉하려 할 거라는 걸 모르지는 않을 텐데."

노형진은 고개를 끄덕거렸다.

"압니다. 두한도 지금쯤 제가 관련되어 있다는 걸 알 테니까요."

그러니 두한이 그렇게 빠르게 손절을 한 것일 수도 있다.

"하지만 절대 못 막는 것도 있는 법이지요."

"그게 뭔가? 자네가 만나러 간다고 해도 결국 그쪽이 접견을 거부하면 끝인데."

"처음에는 내용증명을 보내고, 안 되면 지급명령을 신청할 겁니다."

"내용증명과 지급명령?"

"네."

내용증명은 법률 과정의 하나다.

그걸 우체국에 신청해서 발송하면 모든 발송 과정이 하나의 법적 절차로 보관되고 기록된다.

그래서 내용증명은 세 개를 쓰는 게 보통이다.

당사자 하나, 상대방 하나, 그리고 우체국 하나.

구치소에서는 당사자가 바로 받을 수가 없으니 직원이 받아야 하는데, 당연히 누가 받았는지 확실하게 기록이 남게되어 있어서, 만약 누군가가 내용증명을 분실하면 그 책임은 그가 지게 되어 있다.

일반 우편처럼 대충 '어디서 사라졌습니다.'라는 말이 통하지 않는 것이다.

그리고 지급명령은 채권이 확실한 경우 법원을 통해 그 채권에 대한 강제력을 확정받아 압류하거나 하기 위해 거치는 과정이다.

쉽게 말해서 채권에 법원의 판결 효력을 부여하는 것이다.

"내용증명과 지급명령은 아무리 구치소라고 해도 못 막습니다."

만일 그걸 구치소에서 받아서 감춰 버리거나 끊어 버린다면 그 책임 소재가 엄청나게 복잡해진다.

최악의 경우 구치소 측의 고의성이 인정된다면 입소되어 있는 사람이 구상권을 청구할 수도 있는 일이다.

"못 만나게 한다고요? 못 만나는 게 아닙니다, 안 만나는 거지."

방법은 넘쳐 났고, 노형진은 그걸 쓸 충분한 각오가 되어 있었다.

같이 죽자, 이 새끼들아

　노형진은 처음에는 슬쩍 접견 신청을 했다.

　하지만 구치소 쪽에서는 예상대로 수감된 공관종이 접견을 거부했다면서 만나지 못하게 했다.

　'과연 그럴까? 아닐 텐데.'

　다급한 공관종을 도와줄 수 있는 사람은 오로지 노형진뿐이다.

　그런데 그런 그가 만남을 거부한다? 그럴 리가 없다.

　즉, 구치소에서 두한의 부탁을 받고 만나지 못하게 막고 있다는 의미다.

　"뭐, 상관없지."

　노형진은 이미 내용증명을 발송한 후다. 그리고 해당 내용증명에 관한 응답은 내용증명으로 해 줄 것을 요구했다.

사실 구치소나 교도소에서는 그런 우편을 감시한다.

내부에서 외부에 명령을 내리거나 하는 걸 막기 위해서다.

그래서 일반 우편이라면 커트할 수 있다.

하지만 내용증명은 절대 커트 못 한다.

아니나 다를까, 노형진이 내용증명을 보내고 얼마 지나지 않아서 구치소에서 이야기해 보고 싶다는 내용의 내용증명이 왔다.

노형진은 당장 그걸 들고 구치소로 향했다.

그리고 접견 신청을 했다.

그러나.

"죄송합니다. 입소인이 만남을 거부하네요."

"지금 그 말이 사실입니까?"

"네. 입소자가 만남을 거부하는데 저희가 통과시켜 드릴 수는 없습니다."

구치소 직원의 말에 노형진은 씩 웃었다.

'걸렸다.'

내용증명을 발송한 사람들이야 노형진과 만나서 이야기하자는 합의 내용을 충분히 알고 있겠지만, 그 사실을 입구에서 커트하는 사람들과 공유할 가능성은 그다지 크지 않다.

사실 아무리 두한이라고 해도 모든 구치소의 직원을 관리하는 건 불가능해서 결국 커트할 자격을 가진 사람만 관리하게 되는데, 자연스럽게 우편을 내부에서 검증하는 사람들은 거기에서 벗어나게 된다.

커트 여부를 결정하는 건 그들이 아니니까.

"진짜죠?"

"네."

"공식적으로 묻겠습니다. 보시다시피 녹음 중입니다. 진짜로 입소자가 제 만남을 거부하고 있나요?"

"그렇다니까요."

"그렇군요."

노형진은 그 말에 고개를 끄덕거렸다.

그리고 당장 어디론가 전화를 걸었다.

그런 노형진의 모습을 본 구치소의 직원은 왠지 불안감을 떨칠 수가 없었다.

그리고 얼마 후 구치소의 입구로 몰려든 사람들을 보고 그는 망했다는 생각을 했다.

'기자들이 아무리 막 나간다고 해도 선이 있는 법이거든.'

물론 두한에서 기자들을 관리하고 있다는 건 안다.

그러니까 이런 일이 외부에 터지지 않을 거라는 것도 안다.

하지만 그와 동시에, 노형진은 기자들에게 두려움의 대상이다.

그러니 일단 노형진이 기자회견을 하겠다고 하면 누구든 와야 한다.

물론 기사화 여부를 결정하는 것은 기자 본인이나 데스크
의 선택이겠지만.

"노 변호사님, 어쩐 일이십니까?"

"구치소? 뜬금없이 웬 구치소?"

　기자들은 갑작스러운 기자회견 장소가 구치소라는 점에
다들 고개를 갸웃했다.

　노형진은 그런 그들에게 기자회견을 자청하며 말했다.

"현재 이 구치소에서 반인륜적인 인권침해가 이루어지고
있습니다. 저는 변호사로서 그러한 행위에 분노하지 않을 수
가 없습니다."

"반인륜적인 인권침해라니요?"

"수용 인원의 변호사 접견은 법에서 정한 수감자의 권리입
니다. 그런데 이 구치소에서는 접견을 임의로 차단하고 어떠
한 법률적 지원도 받지 못하게 하고 있습니다."

"그 말이 사실입니까?"

　그건 심각한 문제다.

　변호사의 조력을 받을 권리는 최상위법인 헌법에서 보장
하고 있는 사항이다.

　그런데 그걸 구치소에서 임의로 차단한다?

　일이 이상하게 굴러가는 걸 안 직원은 얼굴이 사색이 되었
지만, 대꾸할 말이 없었다.

"아니, 저는 그러니까, 위에서 시키는 대로 말할 뿐입니

다. 저더러 뭘 어쩌란 말입니까? 저는 그냥 경비나 서는 직원일 뿐입니다."

'그렇지. 알지. 아니까 내가 이러는 거지.'

여기서 아무리 저 사람과 싸워 봐야 바뀌는 건 없다.

그는 입구에서 경비를 서는 사람이니, 상부에 전화해서 신원을 확인하고 결정 사항을 전달해 줄 뿐이다.

"그러면 당사자를 나오라고 하세요. 그걸 결정할 사람이 누구인지 확인하게 말입니다."

"아니 그, 입소자의 결정인데……."

"그럴 리가요. 이미 이렇게 약속이 되어 있는데요?"

노형진이 내용증명을 꺼내서 보란 듯이 흔들자 그걸 본 경비는 얼굴이 사색이 되었다.

내용증명에 따르면 도움을 요청하기 위해 부른 것은 입소된 사람이다.

그런데 이제 와서 갑자기 만남을 거부할 리가 없다.

"어, 잠깐만요."

결국 내부로 전화한 그는 잠깐 통화를 나누더니 흥분으로 얼굴이 붉어질 대로 붉어졌다.

그는 전화를 끊고 노형진을 바라보면서 미안한 듯 말했다.

"오해가 있었다고, 들어오시랍니다."

"오해는 개뿔. 도대체 누구한테 얼마나 받았는지 모르겠지만 이런 걸 결정할 수 있는 건 아마 구치소장급 정도겠지요."

노형진의 말에 기자들은 눈을 번뜩거리며 신나게 질문을 던졌다.

"구치소장님을 만나게 해 주세요!"

"이게 누구한테 명령받은 건가요?"

"구치소에서 수감자의 법적인 권한을 침해한 게 사실입니까?"

구치소장을 먹잇감으로 던져 준 노형진이 유유히 안으로 들어가자 얼마 지나지 않아서 접견실로 공관종이 들어왔다.

그는 지난 며칠간 얼마나 고생했는지 순식간에 뼈만 남은 상황이었다.

"진짜로 도와주실 수 있는 겁니까?"

"당신이 하는 것에 따라서요."

노형진은 씩 웃으며 말했다.

"당신이 무슨 말을 하는지에 따라, 내가 당신을 도와줄 수 있느냐 없느냐가 정해질 겁니다."

"으음……."

"물론 지금도 두한에 대한 충성을 지키시겠다면 제가 도와 드릴 만한 건 없겠지만요."

"그럴 리가 없죠."

두한에 대한 충성? 그런 게 있을 리가 없다.

물론 자신이 개인적인 욕심을 부린 것은 사실이다.

하지만 두한은 먼저 자신을 공격했고, 심지어 아예 죽게 하려고 여러 방법까지 쓰고 있다.

여기저기에 억울함을 토로해 봐도, 누구도 들어 주지 않는 상황.

"제가 여기서 말씀드릴 수 있는 게 뭐가 있단 말입니까?"

"두 가지가 가능합니다."

"두 가지?"

"두한의 약점을 외부에 공개하는 것."

그 말에 공관종은 눈을 찌푸렸다.

"그걸 누구한테 공개해요, 사실 누가 들어 주지도 않을 텐데?"

"물론 대한민국의 기자들이라면 그렇지요. 하지만 해외의 기자라면요?"

"네?"

그 말에 눈이 커지는 공관종.

노형진은 그런 그에게, 자신이 지금 무슨 짓을 하면서 여기까지 들어왔는지를 말해 줬다.

"제가 왜 그들을 흔들면서 왔을까요? 사실 그들에게 싸움을 거는 대신 얌전히 내용증명을 보여 주었다면 그들도 어쩔 수 없이 통과시켰을 겁니다. 그런데 왜 굳이 구치소장에게 그 난리를 치게 만들었을까요?"

"그건……."

노형진이 심심해? 그들이 괘씸해서?

아니다.

"원하신다면 다음번에 올 때 해외 언론의 기자들을 데리고 오지요."

"……!"

해외 언론의 기자들이라면 두한의 말에 신경 쓸 이유가 없다. 진실을 말하면 그만일 뿐.

그리고 두한이 아무리 잘났다고 해도 해외 언론에까지 압력을 행사할 수는 없다.

"만일 당신이 두한의 약점에 대해 해외 언론에다가 이야기하려고 한다면 두한은 어떻게 할까요? 당신을 지금처럼 놔둘까요?"

"그……."

그건 불가능하다.

그렇게 되면 거기를 공격할 사람이 한두 명이 아니니까.

당연히 공관종에게 뒤집어씌운 모든 죄를 풀어 주고 그를 풀어 주는 쪽으로 방향을 바꿔야 한다.

"하지만 고작 그걸로 해외 언론이 기사화시켜 줄까요?"

"아 다르고 어 다른 게 현실이지요."

"그게 무슨……?"

"해외 언론에 이야기하면서 동시에 망명 신청을 하세요."

사유는 간단하다.

두한의 압력으로 인한 생존 불가능.

"그게 받아들여진다면 그건 정치적인 문제가 됩니다."

설사 받아들여지지 않는다고 하더라도, 그 자체가 이슈가 될 수밖에 없다.

대기업인 두한의 압박에 의해 망명 신청을 한 사실이 해외 언론에서 이슈가 되지 않을까?

당연히 망명 신청은 두한의 약점 공개와 더불어서 이슈가 될 수밖에 없다.

"어샨지처럼 말이지요."

"어샨지……."

미국의 비밀을 터트리고 해외로 튄 어샨지의 문제는 확실히 국제적 문제가 되었다.

물론 두한은 더 곤란할 것이다.

어샨지는 미국의 비밀을 터트렸지만 두한은 국가가 아니라 개인 집단. 당연히 비밀을 터트린다고 하면 더더욱 두려울 수밖에 없다.

국가의 불법행위를 처벌할 집단은 없지만 기업의 불법행위를 처벌할 수 있는 집단은 있으니까.

"특히 그 기자가 속한 나라의 정보라면 더더욱 그렇겠지요."

"그 기자가 속한 나라의 정보라……."

"미국이라든가 말이지요."

노형진은 싱긋 웃으며 말했고, 공관종은 그 말에 침을 꿀꺽 삼켰다. 그의 머릿속에서 여러 가지 정보가 떠올랐다.

미국에서 징벌적 배상을 두들겨 맞은 두한이다.

차량 방사능 문제로 인해 두들겨 맞은 상황에서 두한은 그걸 무마하기 위해 어마어마한 돈을 썼다.

당연히 그 돈은 뇌물이었다.

"생각나는 게 있으신가 보네."

그 돈을 받은 사람이 누구인지를 밝히면 과연 어떻게 될까?

아마도 미국은 발칵 뒤집어질 테고, 다시 한번 두한에 대한 조사와 처벌이 이루어질 가능성이 크다.

"그런데 기자들을 진짜로 불러야 합니까?"

아무래도 워낙 큰일이다 보니 데리고 와서 터트렸다가는 곱게는 못 끝난다.

"뭐, 불러서 뭘 말하든 그건 당신 마음 아닙니까?"

"아!"

일단 이렇게 큰 건이 아니라고 해도 기자에게 뭔가를 말하는 건 자기 마음이다.

"다만 기자를 불러올 수 있는 건 저뿐이라는 점을 기억하시고요."

그 말에 공관종은 침을 꿀꺽 삼켰다.

노형진의 말이 맞다.

기자들끼리 오거나 한다면 입구에서 잘라 낼 가능성이 크다.

하지만 노형진? 이미 한번 이 난리를 치면서 들어왔는데 과연 구치소에서 막을까?

"불러 주십시오, 제발."

살 수만 있다면, 이 상황에서 벗어날 수만 있다면 뭔들 못

하겠는가?

"그러면 진실을 말해 주세요."

"진실요?"

"네, 진실요."

"벌써 몇 번이나 말하지 않았습니까? 이걸 시킨 건 상부라고요. 이사급이 한 명이 나가는데, 그에게 자리 하나 만들어 주려고 한 거라고."

"네, 뭐, 알지요."

노형진은 고개를 끄덕거렸다.

그건 안다. 그걸 몰라서 여기까지 온 게 아니다.

노형진이 이렇게까지 한 건, 그 안에 숨겨진 다른 이유 때문이다.

"하지만 매년 나가는 이사가 한두 명도 아니고, 그들에게 다 이런 자리를 만들어 주는 건 아니지 않습니까?"

"그거야 그렇지요."

당장 공관종도 이사지만, 그는 퇴사한다 해도 이런 혜택을 못 받는다.

당연하게도 모든 이사들이 다 그렇게 대우받을 리가 없다.

사실 많은 사람들이 잘 모르는 게, 이사는 파리 목숨이다.

이사는 관리직이라 법적으로 보호도 못 받는다.

그래서 일부 기업의 경우는 쉽게 자르기 위해 승진시키는 경우도 있을 정도다.

"그런데 이사가 나간다고 기업을 차려 준다고요? 하!"

그 말에 노형진은 코웃음을 쳤다.

"더군다나 이사가 퇴직금을 받아 봤자 얼마나 받는다고요."

진짜 로열에 핵심 이사이고 오래 근속했다고 해도 퇴직금은 3억이나 4억 정도 될 거다.

진짜 아주아주 잘 대해 줘서 어마어마한 연봉을 받고 10년 이상 근속했다면 한 5억?

"그런데 제가 알기로는 그 기술을 적용하는 데 드는 장비의 가격이 한 대당 7억입니다만?"

한 대당 7억이고, 그 공급량을 감당하려면 못해도 네 대는 있어야 한다.

그러면 그것만 해도 28억.

거기다가 공장을 하기 위한 부지와 건물도 있어야 한다.

"옛말에 이런 말이 있지요, 정승 개 죽은 데는 문상을 가도 정승 죽은 데는 안 간다는."

두한의 핵심 이사라고 하면 은행 같은 곳에서 대출을 해 주겠지만, 이미 퇴직하고 나온 이사에게 은행에서 최소 50억이나 되는 돈을 빌려줄까?

'완전 개소리지.'

이사로 퇴직할 정도면 나이가 엄청 많다는 뜻이다.

그런 그를 뭘 믿고 50억에 가까운 돈을 빌려준단 말인가?

물론 만일의 상황에는 건물과 땅과 기계를 담보로 잡아서 빼앗으면 되지만, 그래도 손해는 어쩔 수가 없다.

공장으로 사용되는 대부분의 건물은 공장용 가건물인지라 건물의 가치가 설치비에 비해 없다고 봐도 무방한 데다가, 그런 장비는 중고가 되는 순간 가격이 절반으로 떨어질 테니까.

"그게……."

아나나 다를까, 노형진이 몰아붙이자 공관종은 살짝 고민했다.

노형진은 자리에서 일어났다.

"뭐, 말 안 하려고 하신다면야."

"아, 아닙니다. 아니에요. 하겠습니다. 사실은 그 기술, 저희가 가지려고 했습니다."

예상대로 공관종은 사실을 말하기 시작했다.

"저희는 그 기술을 그대로 집어삼키려고 했습니다. 하지만 그걸 저희가 공정에 직접 적용하면 소송에 걸릴 테니까요."

그 소송을 피하는 방법 중 하나가 바로 공장을 외부에 만드는 거다.

외부에 공장을 만들고 그들이 소송해서 상대방이 말라 죽게 한 후에 그 기술을 자신들이 꿀꺽하는 거다.

그 공장을 외부에 둬도 되고, 아니면 자신들이 공장을 헐값에 넘겨받아도 된다.

결과적으로 중소기업이 개발한 기술이나 특허는 그런 식으로 외부의 눈치를 보지 않고 그냥 맨입에 털어 넣는 것이다.

어차피 그 기술을 빼앗으면 장비는 구해야 하니까.

당연하게도 그 과정에서 장비는 사실상 중고니까 가격은 더 다운된다.

물론 대출을 넘겨받아야 하지만, 어차피 기업 입장에서는 대출은 피할 수가 없는 존재다.

도리어 그 대출을 핑계로 일종의 상계가 가능하다.

가령 대출이 50억이라고 하면, 땅과 건물 가격의 값어치를 당사자끼리 후려쳐서 50억으로 맞춰 버리면 대기업은 땡전 한 푼 안 들이고 기술과 특허 그리고 공장을 넘겨받는 셈이 된다.

"그런데 그걸 어떻게······?"

공관종은 그 말을 하면서도 살짝 놀랐다.

사실 이 방법은 아직 널리 알려지지 않았다.

대부분의 기업에서 알음알음으로 하고 있지만 정부에서조차도 실태를 몰라서 방치하고 있는 방법이다.

그래서 누구도 모를 거라 생각했는데······.

'내가 한두 해 보는 것도 아니고.'

다른 변호사들이나 검사들은 설마 그런 방법이 가능할 거라고는 생각도 하지 못해서 전혀 눈치도 못 채고 있겠지만, 노형진은 이미 그딴 짓거리를 하는 것을 본 기억이 있다.

그래서 노형진이 굳이 태상에서 끝내지 않고 계속 물고 늘어지는 것이다.

엄밀하게 말하면 태상에 의뢰받은 건 끝나서, 태상은 다시 일거리를 받아서 일을 시작한 상황이다.

'하지만 오래가지는 않겠지.'

두한에서 또다시 태상을 찍어 누르려고 할 건 뻔한 데다가, 그런 식으로 기업의 기술을 빼앗는 건 한두 해 이루어진 짓거리가 아니다.

다른 사람들은 3년이 길다고 하지만 기업 입장에서는 3년을 투자해서 적게는 수십억, 많게는 수백억 가치가 있는 기술을 공짜로 빼앗을 수 있다면 기꺼이 한다.

"그걸 진술해 줄 수 있습니까?"

"그걸 해 달라고요? 기자회견이라도 해 달라는 겁니까? 아무리 그래도 한국에서는 절대 안 터집니다."

설사 외국에서 그게 기사화되어도 한국에서 다시 기사화될 가능성은 제로라고 봐도 무방하다.

일단 그 방법을 쓰는 대기업이 엄청나게 많기 때문이다.

상생을 주장하는 대룡 정도나 그 방법을 쓰지 않을 정도로, 대부분의 기업이 그 방법을 쓰고 있다.

그렇다고 인터넷에서 터트린다?

이 정도 일을 인터넷에서 터트려도 관련 글을 삭제하는 건 대기업의 힘으로는 어렵지 않다.

애초에 사람들이 쓰는 사이트들은 대기업의 광고로 먹고 산다. 그런데 그런 글들이 올라왔는데 놔둘 리가 없다.

검색어 조작이야 흔하게 일어나는 일이고, 조금만 이야기가 이상하면 바로 차단해 버리는 것도 그런 이유에서다.

"아, 뭐 인터넷은 중요한 게 아니라서요."

노형진은 어깨를 으쓱했다.

"당신처럼 죽을 사람이 한 명 더 있지 않습니까? 흐흐흐."

노형진의 말에 공관종은 소름이 돋았다.

그동안 노형진이 악마라는 소리는 많이 들었지만 정말 이토록 악마 같은 모습을 보는 건 처음이었으니까.

"네…… 원하시는 대로 하겠습니다."

하지만 뭐 어떤가? 지금 그가 살기 위해서는 상대가 악마라 해도 손을 잡아야 했다.

⚖️

지금 죽을 것 같은 사람이 과연 공관종뿐일까?

아니다. 공관종은 법적으로 죽을 것 같지만, 무상의 창립자인 나인수는 돈 때문에 죽을 것 같았다.

"아니, 이야기가 다르지 않습니까!"

ㅡ무슨 이야기 말인가?

"납품을 우리 쪽으로 넘겨준다면서요!"

ㅡ그거야 불법행위가 없었을 때의 이야기고, 불법행위가 있다면 우리가 납품받아 줄 이유가 없네.

"권 전무님, 제발! 이러지 말아 주십시오. 저 죽습니다."

―미안하네. 하지만 아무리 자네가 우리 회사 사람이었다지만 불법행위를 했는데 우리가 어떻게 납품을 받나, 이 사람아.

"회사에서 시킨 거 아닙니까!"

―지금 우리가 만만해 보이나? 왜 그런 헛소문을 퍼트리려고 하는 건가? 지금 우리랑 전쟁이라도 하자는 건가?

"그게 아니라, 그냥 다 필요 없습니다. 다 털어 낼 테니 제발……. 한 푼도 안 받아도 좋으니 제발 채권만은……."

―미안하네. 나도 방법이 없어. 불법행위를 한 업체와 거래를 계속 이어 가기에는 사회 분위기가 안 좋아. 이만 끊겠네.

'딸깍' 소리와 함께 끊어지는 전화.

"전무님! 전무님!"

나인수는 절박하게 소리를 질렀지만 이미 통화는 끊어진 후였다.

그는 다시 한번 회사로 전화했다.

하지만 수화기 너머에서 들려오는 목소리는 차가웠다.

―전무님이 사장님 전화는 더 이상 돌리지 말라고 하셨습니다.

"김 비서, 이럴 건가!"

―함부로 부르지 마십시오. 당신은 하청 회사였던 곳의 사장일 뿐입니다. 이만 끊겠습니다.

가차 없이 끊어지는 전화에 나인수는 차라리 죽고 싶은 심정이었다.

"망했다, 망했어."

사업하는 데 드는 돈은 한두 푼이 아니다.

노형진은 50억을 추측했지만 사실 그가 쓴 돈은 그보다 많은 65억이었다.

당연하게도 나인수에게 그런 돈이 있을 리가 없다.

나인수는 퇴직금과 더불어 은행 대출을 받아서 사업을 시작할 수밖에 없었다.

문제는, 퇴직한 개인에게 그 정도 돈을 빌려줄 은행은 많지 않다는 거다.

그래서 보통은 은행 대출이 아니라 투자를 받아서 운영하는데, 나중에 두한에 흡수되어야 하는 무상인 만큼 투자받는 건 곤란했기에 대출로 비용을 감당해야 했다.

문제는 특허가 있는 게 아니라 그냥 기존 기술을 정밀하게 사용하는 일종의 스킬을 훔쳐 온 무상인지라 당연히 그 대출에 관련해서 쉽게 허가가 날 리가 없었고, 그걸 허가하는 데 있어서 두한의 힘이 들어갔다는 것이다.

아니, 거기까지는 좋았다.

두한이 기술을 넘겨주었고, 무상은 그 기술을 바탕으로 공장을 운영해서 막대한 수익을 낼 수 있었으니까.

하지만 이게 이슈가 되고 두한에서 여론의 눈치를 보면서 손절을 해 버리자 상황이 바뀌었다.

결국 은행에서는 채권에 대한 상환을 요구하기 시작했다.

물론 이자만이라도 제대로 낼 수 있다면 모르겠지만, 상황이 이렇게 되어 버려 지난달 이자를 내지 못했다.

은행에서는 이자를 내지 않으면 당장 채권을 회수하겠다는 상황.

"망했다. 난 망한 거야."

문제는 그 채권을 회수한다는 게 단순히 기업만 가지고 가는 게 아니라는 거다.

당연히 기업에 있는 전부와 나인수의 전 재산을 포함해서 가지고 가게 되는 것이다.

"으으으……."

나인수는 머리를 부여잡으면서 눈물을 흘렸다.

퇴직할 때 두한에서 한 말은 달콤하기 그지없었다.

그런데 그게 이렇게 생지옥이 되어서 돌아올 줄, 그는 생각도 못 했다.

그가 머리를 부여잡고 고통스러워하는 그때, 누군가 문을 살짝 열고 안을 들여다봤다.

"저기, 아빠. 누가 찾아왔는데……."

"누…… 누구?"

혹시나 빚쟁이라도 찾아온 건가 해서 나인수는 심장이 덜컥 내려앉았다.

비서 대신에 데리고 있는 딸이 혹시 무슨 말실수라도 한 건 아닐까 하는 두려움도 생겼다.

"노형진이라는 사람인데?"

"노형진?"

"누군지 알아?"

"어…… 알아."

모를 수가 있나? 두한에서 일하는 사람이라면 그 이름을 모를 수가 없다.

더군다나 임원인 이사가 그 이름을 모를 리가 없지 않나?

두한의 몰락의 원인이자 두한과 지독하게 엮여 있는 악몽.

'그 인간이 왜? 아니야, 어차피 이번 사건도 그놈과 관련된 것이었지?'

그는 두려움에 만남을 거절할까 했다.

하지만 마음 한구석에서, 그러면 안 될 것 같다는 생각이 피어올랐다.

노형진이라는 악몽은 피하고 싶다고 해서 피할 수 있는 것이 아니었다.

"일단 들어오시라고 해."

나인수는 침을 꿀꺽 삼키면서 말했다.

노형진은 안으로 들어와서 사장실을 살피다가 씩 웃었다.

"돈 좀 들이셨겠네요."

"으음……."

그 말이 사실이었다.

그래도 떵떵거리면서 살 수 있을 거라 생각했으니까.

하지만 지금은 내가 왜 이런 쓸데없는 짓을 했나 싶은 생각도 들었다.

이 사장실을 꾸미는 데 들어간 돈조차도 아까운 상황.

"여기는 어쩐 일이십니까?"

"뭐, 단도직입적으로 말씀드리죠. 두한 때문에 머리 아프시죠?"

"……."

"저랑 같이 두한에 소송을 거시죠."

"두한에요?"

"네."

"아니, 이 상황에서 말입니까?"

"어차피 두한에서 손절당하신 걸로 알고 있는데요. 아니었나요?"

"그건 그런데……."

"그러면 당신이라도 살아야 하지 않겠습니까?"

그 말에 나인수는 긴 한숨을 쉬며 말했다.

"이 상황에서 당신이 뭘 해 줄 수 있겠습니까? 돈요? 빌려주실 수 있겠지요. 하지만 그런다고 해서 제가 재기하지는 못합니다."

기업의 이미지는 아주 중요하다.

무상은 시작부터 이미지가 박살 났으니 외부에서 일이 들어올 가능성은 크지 않다.

더군다나 중소기업의 기술을 빼앗은 것 때문에 여러모로 문제가 많은 상황이다.

그쪽과의 소송도 아직 끝나지 않았고.

"뭐, 길게 이야기하지 않겠습니다."

노형진은 품에서 녹음기를 꺼내 테이블에 올려 두고 작동시켰다.

그러자 그 안에서 흘러나오는 목소리.

─해당 기술을 빼앗고 나면 무상은 채권을 두한에서 부담하는 조건으로 두한으로 넘어갈 예정이었습니다. 그럼으로써 두한은 단 한 푼도 들이지 않고 그 기술을 빼앗을 수 있게 되는 거죠. 아니, 돈이 들어가지 않는 정도가 아니라 막대한 이득을 얻게 될 겁니다. 그 기술을 가진 건 두한이 될 테고, 그 기술을 쓰는 다른 기업들은 더 이상 다른 곳에서 물건을 납품받을 수 없을 테니까요. 태상요? 태상은 절대 못 살아남아요. 두한에서 살려 두지도 않을 거고, 애초에 물량은 저희가 대부분 소화했으니까요. 그러니까 무상을 흡수하면 그 물량을 흡수하면서 동시에 기술도 빼앗아 오는 거니까, 돈도 기술도 빼앗는 거죠. 그걸 위에서 모르냐고요? 상식적으로 그런 방법을 쓰는 걸 고작 이사 한 명 따위가 결정할 수 있겠습니까? 다 위에서 결정한 겁니다. 사실상 무상은 두한의 숨겨진 계열사나 마찬가지인 거

죠. 실제로 그와 관련해서 은행에서 두한이 무상의 대출 심사에 힘
쓴 것도 사실이고.

노형진은 딱 거기까지 들려주고 녹음기를 껐다. 그리고 그
걸 품 안에 챙겨 넣었다.

그걸 들은 나인수의 얼굴은 이루 말할 수 없이 창백해졌다.

"지금 그건……."

"공관종 이사가 다 불었습니다."

"이런 미친!"

공관종이 배신했다는 말에 순간 화가 난 나인수의 입에서
욕설이 튀어나왔다.

하지만 다음 순간 그는 자신의 입을 원망했다.

"욕할 상황이 아닐 텐데요. 이게 있으면 당신도 살 수 있
으니까."

"네?"

"이걸 가지고 두한에 소송을 걸면 어떻게 될까요?"

"……!"

당연히 두한은 모든 책임을 져야 하고, 망해 버린 무상과
그 채권에 대해서도 책임을 져야 한다.

"이 녹음 파일의 가치가 얼마나 될 거라 생각합니까?"

노형진의 말에 나인수는 침을 꿀꺽 삼켰다.

만일 자신이 그런 주장을 한다면 어떻게 될까?

당연히 철저하게 무시당할 게 뻔하다.

하지만 녹음 파일이 공개되면 상황은 달라진다.

공관종이 자신처럼 소송 중이고 두한에 손절당한 것은 사실이지만, 그렇다고 해서 이사 출신이 아닌 것은 아니었다.

"두 사람의 이사가 같은 말을 한다면, 과연 그 가능성은 얼마나 커질까요?"

물론 두한에서는 두 사람이 소송당하자 상황에서 벗어나기 위해 그런다고 할 가능성이 높다. 아니, 100% 그럴 거다.

"그리고 이 증언과 당신의 증언에 내가 붙으면 그 위력은 어떨까요?"

노형진.

두한에서 가장 두려워하는 존재.

그리고 가장 싫어하는 존재.

"아마 두 분은 이번 일을 설계하면서도 별일 없을 거라 생각하셨겠지요. 기존처럼 말입니다."

노형진은 그렇게 말하면서 씩 웃었다.

"하지만 저는 그걸 무너트렸지요."

"으음……."

진짜로 노형진은 그걸 무너트렸다.

누구도 모를 거라 생각했고, 누구도 막지 못할 거라 생각했다.

사실 법리적으로 본다면 누구도 이 정도까지 파고들어 계획을 무너트리지는 못한다.

하지만 노형진은 그걸 막아 냈다.

그의 실력에 부족함이 없다는 걸 나인수는 뼈저리게 느낄 수 있었다.

"당신을 믿을 수 있겠습니까?"

노형진은 나인수의 말에 키득거리면서 웃었다.

"저를 믿는다고요? 뭔가 착각하시는 모양인데, 당신한테 선택하라는 게 아닙니다. 당신에게는 선택지가 없어요. 내가 여기서 손 털고 나가면? 당신에게 남는 건 수십억의 빚뿐이지요."

"……."

"밖에 계신 분이 따님이신 것 같은데."

노형진은 힐끔 고개를 문밖으로 돌렸다.

사실 중소기업에서 가족을 고용해서 쓰는 건 이상한 일은 아니다.

어차피 비서 한 명을 써야 한다면 그것도 나쁜 건 아니다.

일도 안 하는데 월급을 주는 건 불법이지만 말이다.

"만일 나인수 씨가 망해서 전 재산을 털린다면 따님은 어떻게 될 것 같나요?"

그 말에 나인수는 말문이 막혔다.

노형진은 그를 흔들기 위해 최악의 사태만을 이야기했다.

"뭐, 작은 원룸이나 지하 원룸을 얻고 일자리를 구할 수도 있겠지요. 물론 거기에 적응해서 일하실 수 있을지는 모르지만. 최악의 경우는 술집에 나가서 일할 수도 있겠지요."

"지금 뭐라고!"

"아니라고 생각하시나요? 당신은 절대 그 빚을 못 갚아요. 그러면 그 채권은 따님한테 넘어갑니다. 아, 물론 상속 포기를 하면 넘어가지 않겠지요. 하지만 여전히 돈은 없을 겁니다."

노형진은 무서운 얼굴로 말했다.

"당신도 룸살롱에 가서 여자들 가슴 움켜쥐면서 놀았겠지요. 거기에서 당신에게 노리갯감 취급받던 사람들에게 과연 어떤 사정이 있었는지, 당신은 압니까?"

"……."

"모르겠지요. 그 사람들이 설마 자기 아버지뻘인 당신이 좋아서 놀아 준 거라 생각한 건 아니죠?"

"크으으윽."

노형진의 말에 그는 내부에서부터 무너졌다.

노형진의 말이 맞으니까.

자신이 어떻게 될지 모르는데 딸의 미래는 확실하겠는가?

"운이 좋다면 좋은 사람과 만나 결혼해서 행복하게 살 수도 있겠지만, 당신도 아실 겁니다. 집안에 돈이 없으면, 좋은 사람을 만날 수는 있겠지만 좋은 시가를 만나는 건 힘들다는 걸."

두한의 이사급이었던 나인수에게 있어서 그 두 가지는 전혀 다르다.

좋은 사람이라면 그냥 착한 거지새끼고, 좋은 시가는 자신의 딸을 편하게 살게 해 줄 수 있는 곳이다.

"원하시는 대로 하세요."

노형진은 시계를 바라보면서 말했다.

"생각할 시간을 10분 드리지요."

10분. 인생을 건 도박을 결정하기에는 아주 짧은 시간이었다.

하지만 그 말에 나인수는 허망해졌다.

'그의 말이 맞아. 내게 선택권이 있긴 한가?'

10분? 1분도 필요 없다.

그에게는 선택권이 없다.

노형진이 여기에서 등 돌리고 나가 버리는 순간, 그에게는 파멸이라는 선택지 말고는 아무것도 없었다.

"알겠습니다. 시키는 대로 하겠습니다."

"좋은 선택입니다."

나인수가 고개를 숙이고 들어오자 노형진은 미소로 그를 받아 줬다.

물론 그가 나쁜 놈인 건 안다. 하지만 어찌 보면 그도 이사라는 직함을 가진 부품일 뿐이다.

'모 게임에서 나온 말이 맞지. 그는 뱀이지만 이제는 내 뱀인 거야.'

그는 노형진을 배신할 수도 없다.

그걸 알기에, 노형진은 마음이 편하게 그에게 말했다.

"그러니 이제 제대로 공격해 봅시다."

"하지만 우리가 공격한다고 해도 두한이 인정하지는 않을 겁니다."

두한이 바보도 아니고, 이걸 인정하게 되면 어마어마한 손해를 보리라는 걸 익히 알고 있다.

일단 당장 80억이라는 비자금이 털려서 속이 쓰린데 무려 65억이나 되는 이 짐덩이를 인정할 리가 없다.

이미 장비와 땅을 팔아도, 못해도 35억은 손해를 봐야 하는 시점이다. 그걸 그렇게 쉽게 인정할 리가 없다.

"물론 그렇지요. 우리가 두한을 공격한다면 말입니다."

하지만 노형진은 두한을 벌써부터 공격할 생각은 없었다.

"지금 우리가 공격할 건 두한이 아니라 은행입니다."

"은행요? 뜬금없이 은행요?"

나인수는 왜 갑자기 노형진이 은행을 공격하겠다고 하는 건지 이해를 하지 못했다.

하지만 다음 순간, 왜 노형진이 그렇게 모두의 두려움의 대상이 된 건지 알 것 같았다.

"당신은 절대로 65억을 대출받을 수 있는 신용 상태가 아니죠. 솔직히 말하면 당신이 전 재산을 다 털어서 넣는다고 해도 대출 가능한 건 한 15억 정도 될 겁니다. 안 그런가요?"

"그건 그렇습니다."

아파트 담보대출이나 신용 대출까지 다 해도 그럴 수밖에 없다.

기업에 속해 있다면 모를까, 그가 대출을 신청할 때는 기업에 속해 있지 않을 때다.

　그리고 신용 대출의 경우 판단의 제일 우선순위가 바로 기업에 속해서 경제활동을 할 수 있느냐 없느냐다.

　만일 경제활동을 할 수 없다면, 그래서 빚을 갚을 가능성이 높지 않다면 당연히 대출은 불가능하다.

　"당신은 아마도 두한의 힘으로 대출받았겠지요. 안 그런가요? 아마 전례가 없는 일일 텐데, 당신이 대출의 부당성에 대해 이야기하면 은행, 아니 그 대출을 결정한 사람은 대출의 정당성에 대해 주장해야 할 겁니다."

　"허억!"

　당연히 그건 불가능하다.

　아무리 생각해도 자신은 대출 대상이 아니다.

　현행 시스템상에서는 더더욱 그렇다.

　물론 사업자를 내고 수익이 있다면 또 모르지만, 그때는 사업자도 없었고 수익도 당연히 난 적이 없었다.

　"그러면 대출 심사 부분에 대해 조사가 들어가겠지요."

　대출을 받아 간 사람이 자신이 부당 대출을 받았다고 고소할 거라 누가 예상이나 하겠는가?

　그러니 전례가 없는 상황이다.

　은행의 담당자는 징계를 면하기 위해서 도리어 대출의 정당성을 확보해야 하는데, 그건 불가능하다. 왜냐하면 애초에

이 대출은 두한이 압력을 행사해서 이루어진 것이니까.

"당연히 그 사람들은 아무런 말도 못 하지요."

결국 부당 대출이 이루어졌다는 건 확정될 테고, 그러면 자연스럽게 금감원의 조사가 따라 들어오게 될 것이다.

"두한이 엮이겠군요."

"맞습니다."

대출해 준 사람이 자신이 독박을 쓰고 감옥에 갈 수도 있겠지만, 과연 그럴까?

아니다. 책임을 뒤집어쓸 다른 어딘가를 찾을 테고, 그곳은 다름 아닌 두한이 될 가능성이 크다.

"으음……."

확실히 공격 방향이 바뀌니까 싸움의 패턴도 바뀌어 버렸다.

만일 노형진이 두한을 바로 공격했다면 두한과 노형진의 싸움이 됐겠지만, 노형진이 공격 대상을 달리함으로써 이 싸움은 은행과 금융감독원 대 두한의 싸움이 되어 버렸다.

아무리 두한이 힘이 강하다고 해도 상황이 이래 버리면 사건을 덮는 것도 한계가 확실할 수밖에 없다.

'이래서 두한이 노형진을 두려워한 거구나.'

나인수는 기분이 묘했다.

한때 두려워했던 사람이 왠지 든든해지는 느낌이었다.

때로는 적반하장도 무기

날벼락이라는 건 진짜 생각지도 못한 경우에 터진다.

이번 경우 역시 은행 입장에서는 날벼락이나 다름없었다.

"이거 뭐야? 어? 소송? 아니, 돈을 빌려줬다고 소송을 해? 아니, 이게 뭔 개 같은 경우야? 이게 가능해?"

"에…… 그게…… 저도 가능할지……."

"아니, 물에 빠진 놈 살려 줬더니 보따리 내놓으라는 것도 아니고, 돈을 빌려줬는데 뜬금없이 그 돈을 왜 빌려줬느냐고 고소한다고? 이거 뭔 개 같은 경우야?"

머리가 지끈거리는 상황에 장장수 부장은 이마를 부여잡 았다.

하지만 그런다고 해서 소장이 사라지는 건 아니었다.

"씨발, 이 새끼는 진짜 뭔데?"

"그, 전에 점장님이 빌려주라고 오더 내리신 그 건입니다."

"점장 그 새끼가…… 아오!"

장장수는 기억이 났는지 이를 뿌드득 갈았다.

아무리 봐도 터무니없는 수준인지라 자신 선에서 커트했던 건데 뜬금없이 지점장이 끼어들어서 통과시키라고 했었으니까.

당연히 문제가 될 거라고 항의했었지만 고작 부장인 자신이 지점장을 이길 수는 없었기에 결국 대출이 승인됐던 건이었다.

"경찰에서는 뭐래?"

"일단 본사를 통해 대출 가능 여부를 확인하고 있다고 하는데……."

"씨발, 본사라고 이게 가능하겠냐? 아니, 본사니까 더 불가능하다는 소리가 나오겠지. 환장하겠네. 분명 이거 독박 쓸 텐데."

상식적으로 이런 조건의 사람에게 65억이라는 돈을 빌려줄 지점은 없다.

당연히 그 문제에 관해서 경찰이 아무리 본사에 물어봐야 답은 나와 있다.

"관련 자료는?"

"그게, 이미 관련 자료는 모두 당사자가 보관하고 있지 않습니까? 그리고 우리도 법적으로 보관하고 있어야 하고요."

당연히 그 관련 자료들을 경찰이 요구해 오면 자신들이 그걸 내주지 않고 버틸 방법은 없다.

"이게 무슨……."

일반적으로 돈을 빌려 간 사람은 어떻게 해서든 사건을 덮으려고 하기 때문에 외부에 드러나는 경우는 거의 없다.

설사 문제가 된다고 해도, 그건 어디까지나 다른 곳에서 문제가 생길 때의 이야기다.

그런데 대출해 간 사람이 업무상배임으로 대출해 준 사람을 고소한다?

"이거 담당한 게 누구야?"

"김가빈 과장입니다."

"김가빈 과장 어디 갔어, 어?"

"그게, 경찰에 소환받아서 경찰서에 갔습니다. 지금이라도 호출할까요?"

"됐어. 불러서 뭐 해? 솔직히 이거 김 과장 잘못도 아니잖아? 김 과장이 무슨 힘이 있어서 지점장의 명령을 거슬러?"

자신도 거스르지 못하는 명령을 과장이 잘라 내기를 원하는 것은 무리한 일이었다.

"김 과장한테 전화해서 사실대로 말하라고 해."

"네? 하지만 부장님, 그랬다가는……."

"그러면 이 건을 과장 선에서 했다고 하려고? 너 미쳤냐?

그게 가능하다고 생각해?"

"……."

각 직원들에게 어느 정도 융통성이 있다고 말하기는 하지만, 현실적으로 본다면 모든 대출은 전산상에 등록된 기준에 따라 자동으로 판단된다.

당연히 그걸 뒤집고 승인을 내주기 위해서는 그만큼 높은 계급의 사용 권한이 필요하다.

"겨우 과장에게 65억 대출 사용 권한이 나올 거라고 생각해? 나도 안 나오는데!"

"하지만 그렇게 되면 부장님이 물릴 겁니다."

"나도 사실대로 말할 거야. 씨발, 나도 65억짜리 대출 승인할 자격은 없다니까! 이건 위로 올라갈 수밖에 없어."

장장수는 입술이 바짝바짝 말랐다. 이건 엎을 수도 없는 일이 아닌가?

"하지만 본사에서……."

막 부하 직원이 상황을 보고하려는 찰나, 직원 한 명이 부장실 문을 열고 떨리는 눈빛으로 장장수를 바라보았다.

"뭔 일이야? 바쁘다고 했잖아."

"저기…… 부장님, 본사에서 전화 왔는데요."

"본사에서?"

"네. 점장님을 바꿔 달라고 했는데 점장님이 안 계셔서……."

점장이 핸드폰을 가지고 다니지 않을 리가 없으니 당연히 핸드폰을 받지 않아서, 회사에서 그 아래에 있는 자신에게 전화했다는 뜻이었다.

"올 것이 왔군."

장장수는 그다지 놀라거나 두려워하지는 않았다.

일이 터지고부터 각오하고 있던 일이다.

"지점장 이 새끼는 어디로 뛴 건지 알 수도 없을 테고."

아마도 지점장은 어떻게 해서든 자신에게 뒤집어씌우려고 할 가능성이 크다.

'차라리 잘된 거야.'

자신이 먼저 본사에 찌르고 나면 일단 지점장이 자신에게 뒤집어씌우려고 하는 건 어느 정도 막을 수 있을 테니까.

그는 눈을 찡그리더니 어쩔 수 없이 전화를 돌리라고 손짓했다.

수화기에서는 차갑고 무감정한 목소리가 들려왔다.

─장장수 부장님? 본사 감찰실 주제인 과장입니다.

'일이 이렇게 될 줄 알았지.'

고소를 진행하면서 동시에 금융감독원에 찔러 넣었으니 이 이야기가 본사에 들어가지 않았을 리가 없다.

그리고 이건 본사 입장에서는 그냥 넘어갈 일이 아니었다.

─점장이 전화를 꺼 뒀더군요. 상황을 좀 알고 싶은데요.

'점장님'도 아니고 그냥 '점장'이란다.

아무리 감사실이 끗발이 좋아도, 고작 과장급이 저럴 수는 없다. 그런데 대놓고 '점장'이라고 칭한다?

'벌써 내부적으로 답 나왔나? 하긴, 전산 기록만 봐도 터무니없는 조건인 게 명확하니 본사에서 가만히 있을 리가 없지.'

점장의 목을 날리는 건 본사에서 이미 확정되어 있다는 소리일 것이다.

"으음, 이야기가 길어질 것 같은데요."

ㅡ상관없습니다. 어차피 본사 소환 이전에 의견 수집 차원에서 듣는 거니까. 그리고 본사에서 감사 팀이 내려갔으니까 똑같이 진술하셔야 할 겁니다.

감사 팀이 내려오면 먼지 하나까지 털어 낼 테니까 거짓말하지 말라는 소리였다.

"거짓말은 안 합니다. 저도 힘이 없어서 못 막은 책임이 있으니까."

ㅡ그러면 부실 채권을 빌려준 건 사실이란 말이군요.

"네, 부정은 안 하겠습니다. 지점장의 명령이었습니다. 전산상으로 확인해 보면 아시겠지만, 지점장의 권한으로 허가된 겁니다."

ㅡ이미 확인했습니다. 그런데 왜 지점장이 이런 부실 채권을 빌려주라고 한 겁니까?

"사실은 이번 일을 청탁한 게 두한입니다."

ㅡ두한이라고요?

그 말에 주제인 과장의 목소리가 심각해졌다.

─그 말이 사실입니까?

"지점장이 두한과 친밀하게 지냈던 건 딱히 비밀도 아닙니다. 오시면 한번 직원들에게 물어보세요."

─두한이라……. 이거 심각하군요.

두한이라는 이름은 은행권에서는 골치 아픈 대상이다. 그럴 수밖에 없는 게, 은행 입장에서는 전형적인 계륵 같은 존재이기 때문이다.

그들은 징벌적 손해배상으로 기업을 팔아먹고 철강이 주저앉기 시작하면서 휘청거리고 있었고, 그런 자신들의 상황을 타개하기 위해 대출을 최대한 당기고 있는 상황이었다.

65억? 옛날 같으면 두한이 빌려 간다고 하면 650억도 문제가 되지 않았다.

하지만 지금은 두한의 미래가 상당히 불확실하다는 게 문제다.

두한이 현실적으로 본다면 미래가 극도로 불안정하고, 성화를 몰락시킨 대룡과의 사이가 극도로 좋지 않은 데다가 마이스터와도 몇 번이나 충돌한 건 딱히 비밀도 아니다.

은행 내부의 판단에 따르면 두한은 고위험군으로 분류되어 있어서 대출 심사가 좀 더 까다롭다.

─그런데 대출은 두한이 받은 게 아니던데요?

"저야 두한이나 무상 쪽의 사정은 잘 모릅니다. 다만 두한에서 부탁이 들어왔고, 지점장이 직권으로 명령을 내린 것만은 분명합니다."

─확실하게 진술하실 수 있습니까?

"확실하게 할 수 있습니다."

─그러면 이따 감사 팀 차량을 타고 본사로 올라오십시오.

"네."

전화는 무심하게 끊어졌다.

부하 직원은 그런 장장수를 안타깝게 바라보았다.

"부장님, 그렇게까지 하셔야 합니까? 지점장이 그냥은 안 넘어갈 겁니다."

부하의 말에 장장수는 피식 웃었다.

"안 넘어가면? 지점장이 자리보전할 수 있을 것 같아? 경찰 수사는 물론 금감원까지 조사에 들어갔어. 지점장 자리 절대 못 지켜. 설사 지점장이 온갖 백이랑 뇌물을 이용해서 자리를 지킨다 해도, 그 책임은 누가 지는데?"

"……."

지점장이 책임을 지든 지지 않든 부장인 자신의 모가지가 날아가는 건 확정적인 상황이다.

애초에 지점장이 그렇게 부정행위를 한다는 걸 알았다면 부장인 자신이 본사에 이야기해서 막았어야 하니까.

하지만 자신은 그 무엇도 하지 않았다.

"뭘 해도 나는 끝장이야. 그러면 내가 총대 메고 사실을 말하고 다른 직원들은 구하는 게 낫지."

이것이 법이다

"감사합니다, 부장님."

"감사는 무슨."

그는 쓰게 웃으며 말했다.

"나가서 치킨 가게라도 하려면 나도 대출받아야 하니 대출 허가나 잘해 줘."

그의 말에 부하 직원은 차마 고개를 들 수가 없었다.

⚖️

그 시각, 전화기를 꺼 둔 지점장은 다급하게 두한의 사람을 만나고 있었다.

"이건 이야기가 다르지 않습니까? 문제없을 거라면서요!"

"아니, 우리도 나인수 사장이 이런 식으로 뒤통수를 칠 거라고는 생각도 못 했단 말입니다."

이런 작업을 한두 번 해 본 것도 아니고, 그때마다 별문제 없이 자신들이 그 기업들의 특허를 흡수해 왔다.

그래서 요 근래 두한은 구멍 난 돈을 막기 위해 그러한 행위에 더욱 박차를 가하고 있었다.

노형진에게 주식시장에서 장난치는 게 발각된 후에는 크게 돈이 되는 일이 별로 없었기 때문에 어쩔 수가 없었다.

그런데 뜬금없이 대출받은 채무자가 자기가 부정한 대출을 받았다고 주장하면서 은행을 고소할 줄은 생각도 못 했다.

"지금 회사에 감사 팀이 올지도 모르는 상황이란 말입니다, 감사 팀이라면 그나마 내부에서 묻어 버리기라도 하지요. 지금 금융감독위원회에서 조사하겠다고 연락이 왔단 말입니다."

"그쪽은 우리가 어떻게 막아 보리다."

지점장의 말대로 이게 금감위에서 터지면 여러모로 곤란할 수밖에 없다.

"본사에서 지랄하겠지만……."

그나마 본사는 융통성이라도 있다.

정확하게는, 본사도 금감위가 끼어드는 걸 원하지 않기에 두한에서 금감위를 막아 준다고 하면 이 건을 적당히 처리해 줄 것이라는 걸 안다.

어떤 대기업이나 다 마찬가지다.

국가에서 조사하러 나오는 건 악몽이었다.

"하지만 그렇다고 해서 고소 사실이 없어지는 건 아니지 않습니까?"

"나인수 사장이 아무래도 노형진 쪽으로 붙은 것 같은데……."

그렇지 않다면 이런 황당한 짓거리를 할 이유가 없다.

애초에 이런 황당한 식으로 법을 이용해서 엿을 먹이는 건 노형진의 특기이기도 하다.

"나인수 사장을 바로 신용 불량으로 올리세요."

"네? 신용 불량요?"

"네, 그렇게 해서 바로 원금 회수에 들어가란 말입니다. 그러면 그 새끼도 아차 싶겠지요. 솔직히 노형진에게 붙었다고 해도, 노형진이 65억을 다 갚아 줄 것도 아니지 않습니까?"

"그건 그렇겠지요."

"그러니까 그놈을 신용 불량으로 올려서 원금 회수를 시작하세요."

그 말에 지점장은 눈을 찡그렸다.

"그러면 본사는……."

"그건 우리 쪽에서 전화해서 한번 이야기해 보겠습니다."

썩어도 준치라고 했다.

두한이 아무리 힘이 빠졌다 해도 여전히 대한민국에서는 알아주는 기업 중 하나고, 고작 65억 가지고 자신들에게 지랄하며 내부 감사를 해서 일을 크게 키우지는 않을 거라 그는 생각했다.

물론 그건 완전히 틀린 생각은 아니었다.

실제로 은행은, 두한과 시끄럽게 싸우느니 65억 정도의 대출은 조용히 처리해 버릴 생각이었다.

땅과 장비 그리고 나인수의 재산을 모조리 빼앗으면 손해는 대략 15억 정도, 감당할 수 있는 수준이니까.

"당장 신용 불량으로 올리고, 우리가 보복할 방법을 찾아볼 테니까 기다려 봐요."

두한은 자신들이 했던 일이 왜 이렇게 된 건지 머리가 아파 왔지만, 최대한 저항하는 것 말고는 선택지가 없었다.

"아마 신용 불량으로 등재를 하지 않을까 싶은데요."

"그게 마음대로 됩니까? 물론 제가 이자를 안 낸 건 사실이지만 그건 고작 한 달인데."

나인수는 얼굴이 핼쑥해졌다.

그 말에 노형진은 고개를 끄덕거렸다.

"현행법의 함정이지요. 실제로 은행에서 돈을 받아 내기 위해 저지르는 수많은 불법행위 중 하나이고요."

대한민국에는 파산 면책 제도가 있다.

법적 절차에 따라 법원에서 면책 허가를 받으면 그 빚의 전체나 일부를 탕감해 주는 제도다.

물론 그 조건은 아주 까다롭다.

하지만 매년 수많은 사람들이 파산 면책 제도로 회생의 기회를 잡는다. 그리고 그 과정이 끝나면, 신용은 아예 제로에서 시작할지언정 그 사람은 정상적인 삶을 살아갈 수 있게 된다.

그게 정상이다.

"하지만 은행들 중 일부는 비양심적으로 행동하지요."

파산 면책이나 개인 회생은 단순히 돈이 없다고 해서 다 받아 주는 게 아니다.

본인이 돈을 갚기 위해 노력하는 모습을 보여 주어야 하고, 그 노력을 보고 법원에서 빚을 깎아 주는 거라고 봐야 한다.

"하지만 은행 입장에서는 그냥 돈을 날리는 거거든요."

그래서 일부 은행들은 실제로 그러한 법적인 파산 면책 절차가 종료되어 채권이 소멸했다고 해도 어떻게 해서든 받아 내려고 한다.

"그 방법 중 하나가 바로 신용 불량자로 등재시키는 겁니다. 아, 지금은 채무불이행자라고 하는 게 맞겠네요."

"그런데 그러면 금감원에 신고하면 되지 않습니까."

"그게 문제죠."

법적으로 개인 회생이 끝난 시점이니 은행에서 그래서는 안 되지만, 그렇게 해서라도 빚을 받아 내려고 한다.

그러면 금감원에서 그런 행위에 대해 브레이크를 걸어 줘야 하는데, 애석하게도 금감원이 은행에 거는 브레이크에는 한계가 명확하다.

"내부 감사를 하거나 부정행위를 감시할 수는 있지만, 개인신용 등재에 관해서는 금융감독원은 권한이 없습니다."

결국 민원을 넣어 봐야 금감원에서는 하지 말라고 말하는 것 말고는 할 수 있는 게 없다.

"그리고 솔직히 말씀드리면 금감원 쪽도 썩어 빠진 건 마찬가지라서요."

물론 금감원에서 강하게 나가면 은행에서는 그런 짓거리

를 못 한다.

"하지만 대부분의 금감원 출신들은, 금감원에서 나오면 억대 연봉을 받아 가면서 은행으로 옮겨 갑니다."

당연히 강하게 말할 리가 없고, 이후 신용 불량을 풀어 주는 조건으로 은행은 당사자에게 금감원에 넣은 민원의 취소를 요구한다.

"결국 회생을 마치더라도 돈은 돈대로 갚고 아예 금융 활동 자체가 불가능하게 되지요."

만일 채무불이행자로 등록되면 카드는 정지되고 은행에서는 일괄 채권 추심이 들어오며 동시에 계좌들이 압류된다.

그걸 풀기 위해서는 소송을 거쳐야 한다.

'아무리 생각해도 은행에서 그런 수법을 쓰는 게 한두 번은 아닐 거란 말이지.'

사실 그 방법은 아직 터지지 않았을 뿐 이슈화되면서 결국 가루가 되도록 까였다.

하지만 생각해 보면, 기업은 결국 시스템으로 돌아가는 곳이다. 만일 개인의 판단으로 금감원에 민원을 넣은 사람을 신용 불량으로 올린다면 난리가 날 거다.

애초에 그런 건 절대 개인이 혼자서 올릴 수 없다.

즉, 개인이 아니라 기업 차원에서 수차례 그런 방법을 써 왔다는 거다.

'다만 그때는 걸린 거고 말이지.'

아마도 금감원이 그걸 모르지는 않았을 테고, 언론에 제보할 거라고는 생각도 못 했을 것이다.

"그러면 어떻게 해야 합니까? 당신이 빚을 갚아 줄 것도 아닌데."

"그럴 생각은 전혀 없습니다."

나인수가 바르게 살다가 이런 상황이 된 거라면 모를까, 그는 두한과 함께 나쁜 짓을 하려다가 결국 상황이 이 지경이 되어 버린 거다.

그를 도와서 싸우고 있지만, 그의 채권을 구입해 줄 생각 따위는 전혀 없었다.

"그러면 어쩌라고요? 요즘 같은 시대에 신용 불량으로 등재되면 사는 것 자체가 불가능해진단 말입니다."

"잠깐은 그러겠지요. 바로 그게 제가 노리는 겁니다."

"뭐라고요?"

"은행에 있어 가장 중요한 게 뭐라고 생각합니까?"

노형진의 질문에 나인수는 짜증을 부렸다.

"그놈의 혼자 하는 질의응답은 하고 싶지 않네요."

"뭐, 그렇다면야. 답은 신용입니다. 그들은 신용을 가지고 사람을 판단하지요. 그리고 동시에, 그들은 신용의 대상입니다."

은행은 서민에게 절대적인 갑이다.

하지만 그렇다고 해서 그들이 또 전 세계에서 절대적인 갑이냐? 애석하게도 아니다.

한국의 은행들은 전 세계적으로 봤을 때 그다지 큰 기업은 아니다.

그리고 한국은행은 해외에서 돈을 빌려 국내에 대출해 주는 경우도 있다.

즉, 은행에도 신용은 중요한 요소 중 하나인 것이다.

"그 신용을 한국이 아닌 미국에서 재판하게 된다면 이야기가 달라지지요."

노형진은 피식 웃으면서 뭔가를 꺼내서 그에게 건넸다.

그걸 받아 든 나인수는 눈동자가 흔들리기 시작했다.

그건 다름 아닌 마이스터의 투자 계약서니까.

"우리한테 투자하신다고요? 아니, 왜요? 방금 전에는 돈은 절대로 못 주신다고 하지 않았습니까?"

"물론 돈은 절대로 못 드립니다. 하지만 소송의 권한을 우리가 살 수는 있지요."

"네?"

"마이스터는 비밀리에 여기 무상에 투자할 겁니다. 계약서를 쓸 거고, 돈을 지급하기 직전까지 갈 겁니다. 그런데 은행에서 그러한 불법행위를 침해해서 무상의 가치를 하락시킨다면 그 책임은 누가 져야 할까요?"

"하지만 무상에 큰 가치가 있는지……."

무상은 사실상 끝났다고 봐야 한다.

가장 큰 거래처인 두한이 잘려 나갔으니까.

"그건 우리가 판단하는 거죠."

투자하는 회사에서 회사의 가치를 어찌 판단하든, 그걸 남이 뭐라고 할 수는 없다.

그로 인한 손실은 자기의 선택에 따라 달라지는 거니까.

"잠깐만, 그러면?"

"요즘 인터넷에서는 누구한테 감사하라는 밈이 유행한다죠?"

'누구에게 감사해라. 원래는 자신의 병신 짓으로 쪽박 찰 것을 다른 누군가의 공격으로, 자기들의 병신 짓을 감출 수 있게 되었으니까.'라는 말이 인터넷에서는 유행한다.

그런 밈의 내용은 간단하다.

사실은 그냥 둬도 망할 건데 이길 수 없는 거대한 존재가 등장해서 어쩔 수 없이 패배한 거라는 느낌을 주는 것이다.

"마이스터에서 투자를 결정한 회사가 갑자기 은행의 공격을 받아서 망한다? 그러면 마이스터는 어떻게 할까요?"

"아……."

그러면 마이스터는 그 순간부터 그 은행에 대한 공격 권한을 가진다고 볼 수 있다.

물론 억지일 수도 있지만, 마이스터에서는 은행이 마이스터가 투자한 기업을 불법적인 행동을 통해 파산시키려고 하는 이유를 법원을 통하여 확인하려고 할 것이다. 그러나 은행은 절대로 합법적인 이유로 공격했다는 증거를 내놓을 수가 없다.

"그러면……."

"우리는 해당 근거를 가지고 법원에 제소할 수 있습니다."

재판하는 장소가 한국이든 미국이든, 그건 중요하지 않다.

마이스터와 한국의 은행이 재판한다는 것은 두 집단이 전쟁 상태에 들어간다는 거다.

"아까도 말씀드렸다시피 은행에 있어 가장 중요한 것은 바로 신용입니다."

그들이 불법적인 행동을 해서 다른 나라의 거대 은행이 돈을 빌려주지 않는 것은 아니다.

하지만 마이스터와의 전쟁이라면?

그건 상황이 달라진다.

물론 규모는 크지 않겠지만, 신용 자체는 심각한 타격을 입게 된다.

"개인이 100만 원을 못 갚아도 신용 등급은 바닥으로 떨어집니다. 하물며 은행은 어떨까요?"

더군다나 마이스터는 성장할 때 외부의 단체로부터 견제를 목적으로 한 부당한 대우를 당한 적이 있기에, 누군가가 자신들을 먼저 건드리면 절대로 물러나지 않는 성향을 가지고 있다.

"하지만 그건 못 이길 텐데요?"

돈은 주지도 않고 그냥 투자 계약만 한 상황에서 소송에 들어가 봤자, 피해 자체가 없다고 봐야 할 테니 당연히 소송해도 이기기는 힘들다.

"물론 압니다. 하지만 말입니다, 중요한 건 그게 아니죠."

다른 누구도 아닌 마이스터가 소송을 한다는 것. 그 자체가 전 세계에서 관심을 불러일으킬 수밖에 없다.

"이 싸움은 간단합니다. 더 뻔뻔한 놈이 이기는 거죠."

저들은 뻔뻔하게 적반하장으로 나오고 있다.

그리고 그건 노형진도 잘할 수 있다.

"그리고 우리는 동시에 금감원도 제소할 겁니다. 미국 법원에 말입니다."

"네? 어째서요?"

"아까도 말씀드렸다시피 금감원이 이런 걸 몰랐을 리가 없습니다."

알았지만 미래를 위해 모른 척했다고 봐야 한다.

"그때는 개인이나 기업의 문제가 아니라 국가의 문제가 됩니다."

그리고 국가 인권 문제가 터져 나오기 시작하면 정부 입장에서는 대대적인 조사와 감찰을 하지 않을 수가 없다.

"그들은 자신들이 이길 거라 생각하겠지만, 그럴수록 더 깊은 늪으로 빠져들 뿐이지요, 후후후."

노형진은 그들이 가는 길에 기꺼이 함정을 파 줄 생각이었다.

다음 권으로 이어집니다

하북팽가 검술천재

이도훈 신무협 장편소설

정마 대전의 영웅, 무無부터 다시 시작하다!

목숨 바쳐 싸웠음에도
가차 없이 '팽' 당했던 광귀, 팽한빈.

현세와 작별까지 고했는데…… 어라?
눈 떠 보니 20년 전?
심지어 '하북 최고의 겁쟁이' 시절로 회귀했다?

[용안龍眼으로 구결을 확인하시겠습니까?]

흩어진 구결을 다 모아 비급을 완성한다면
하북 최강이 되는 것도 시간문제!
겁쟁이보단 망나니가 낫겠지!

팽가의 수치가 도, 아니 검술천재로 돌아왔다!

황태자는 은퇴가 하고 싶습니다

로튼애플 퓨전 판타지 장편소설

황제가…… 과로사?
이번 생은 절대로 편하게 산다!

31세에 요절한 황제 카리엘
개같이 구르며 제국을 지킨 대가는
역사상 최악의 황제라는 오명?
싹 다 무시하고 안식에 들어가려 했더니……

"다시 한번 해 볼래? 회귀시켜 줄게."
"응, 안 해."
"이번엔 욜로 라이프를 즐겨 보면 어때?"

사기꾼 같은 신에게 속아 회귀하게 된 카리엘
즐기며 편히 살기 위해서는
황태자 자리에서 먼저 내려와야 하는데……

제국민의 지지도는 계속 오른다?
황태자의 은퇴 계획, 과연 성공할 수 있을까?

꿈의 도약, 로크에서 하십시오
(주)로크미디어에서 신인 작가를 모십니다

즐거운 세상, 로크미디어는 꿈을 사랑하고 도전을 두려워하지 않는 작가 분들의 참신한 작품을 기다리고 있습니다. 21세기 장르 문학계를 이끌어 갈 차세대 선두 주자 (주)로크미디어에서 여러분의 나래를 활짝 펴 보시길 바랍니다.

모집 분야 판타지와 무협을 포함한 장르 문학
모집 대상 아마추어 작가, 인터넷 작가
모집 기한 수시 모집

작품 접수 시 유의 사항

1. 파일명은 작가명_작품명.hwp형식을 갖춰 주십시오.
1. 파일에 들어갈 내용은 다음과 같습니다.
   - 성명(필명인 경우 실명을 밝혀 주세요), 연락처, 이메일 주소
   - 제목, 기획 의도
   - A4용지 1장 분량의 등장인물 소개
   - A4용지 2장 분량의 전체 줄거리
   - 본문
1. 작품이 인터넷에 연재되고 있다면, 게시판명과 사이트의 구체적이고 정확한 주소를 기재해 주십시오.

선택된 작품은 정식 계약 후 출판물로 간행되어 전국 서점에 유통됩니다.
작가 분은 (주)로크미디어의 전폭적인 지원하에 전속 작가로 활동하시게 됩니다.
※ 자세한 내용은 로크미디어 홈페이지(rokmedia.com)를 참조하세요.

(03920)서울시 마포구 성암로 330 DMC첨단산업센터 3층 318호
(주)로크미디어 편집부 신간 기획 담당자 앞
전화 : 02) 3273-5135
www.rokmedia.com   이메일 : rokmedia@empas.com

One for all

원포올

일라잇 스포츠 장편소설

**작렬하는 슛, 대지를 가르는 패스
한계를 모르는 도전이 시작된다!**

축구 선수의 꿈을 품은 이강연
냉혹한 현실에 부딪혀 방황하던 중
운명과도 같은 소리가 귓가에 들어오는데……

당신의 재능을 발굴하겠습니다!
세계로 뻗어 나갈 최고의 축구 선수를 키우는
'One For All' 프로젝트에, 지금 바로 참가하세요!

단 한 번의 기회를 잡기 위해
피지컬 만렙, 넘치는 재능을 가진 경쟁자들과
최고의 자리를 두고 한판 승부를 벌인다!

**실력만이 모든 것을 증명하는
거친 그라운드에서 당당히 살아남아라!**

기갑천마

거짓이슬 퓨전 판타지 장편소설

종말을 막지 못한 절대자
복수의 기회를 얻다!

무림을 침략한 마수와의 운명을 건 쟁투
그 마지막 싸움에서 눈감은 무림의 천하제일인, 천휘
종말을 앞둔 중원이 아닌 새로운 세상에서 눈을 뜨는데……

"천휘든 단테든, 본좌는 본좌이니라."

이제는 백월신교의 마지막 교주가 아닌 평민 훈련병, 단테
그럼에도 오로지 마수의 숨통을 끊기 위해
절대자의 일 보를 다시금 내딛다!

에이스 기갑 파일럿 단테
마도 공학의 결정체, 나이트 프레임에 올라
마수들을 처단하고 세상을 구원하라!